L'APPEL

Livre sept

sorcière

L'APPEL

Cate Tiernan

Traduit de l'anglais par
Roxanne Berthold

ADA JEUNESSE

Copyright © 2001 17th Street Productions, Alloy company
Titre original anglais : Sweep : The calling
Copyright © 2011 Éditions AdA Inc. pour la traduction française
Cette publication est publiée en accord avec Alloy Entertainment LLC, New York, NY

Éditeur : François Doucet
Traduction : Roxanne Berthold
Révision linguistique : Isabelle Veillette
Correction d'épreuves : Nancy Coulombe, Carine Paradis
Conception de la couverture : Tho Quan
Photo de la couverture : © Thinkstock
Mise en pages : Sébastien Michaud
ISBN papier 978-2-89667-324-7
ISBN numérique 978-2-89683-159-3
Première impression : 2011
Dépôt légal : 2011
Bibliothèque et Archives nationales du Québec
Bibliothèque Nationale du Canada

Éditions AdA Inc.
1385, boul. Lionel-Boulet
Varennes, Québec, Canada, J3X 1P7
Téléphone : 450-929-0296
Télécopieur : 450-929-0220
www.ada-inc.com
info@ada-inc.com

Diffusion
Canada :	Éditions AdA Inc.
France :	D.G. Diffusion
	Z.I. des Bogues
	31750 Escalquens — France
	Téléphone : 05.61.00.09.99
Suisse :	Transat — 23.42.77.40
Belgique :	D.G. Diffusion — 05.61.00.09.99

Imprimé au Canada

Participation de la SODEC. SODEC

Nous reconnaissons l'aide financière du gouvernement du Canada par l'entremise du Programme d'aide au développement de l'industrie de l'édition (PADIÉ) pour nos activités d'édition.
Gouvernement du Québec — Programme de crédit d'impôt pour l'édition de livres — Gestion SODEC.

Prologue

Un loup à la fourrure aux pointes argentées et aux dents d'ivoire brillant sous la lumière d'une bougie avance à pas feutrés sur un plancher en marbre foncé et poli en direction d'une table en pierre. La pièce est énorme et des bougies noires brillent depuis des bougeoirs muraux. Des moulures en plâtre ornées de motifs de feuilles et de vignes. Un couguar aux muscles ondulants sous une fourrure fauve bondit vers la table, ses yeux dorés brillant. Des rideaux noirs couvrent des fenêtres hautes et étroites. Un grand-duc d'Amérique, aux ailes et aux griffes déployées, survole la table. L'air est chargé de l'odeur des animaux. Une vipère serpente sur la table, les crocs exposés. Un aigle, un ours énorme. Un jaguar dont la queue fouette l'air. L'air est crépitant de pouvoir sombre. Un chandelier en argent aux motifs recherchés et chargé de bougies noires est posé sur le dessus d'une armoire en ébène. Un faucon dessine des cercles. Un athamé serti d'un seul rubis rouge sanguin. Un chacal et une belette, ayant tous deux l'appétit avide. Le loup affamé. Tous les animaux resserrent leur étau autour de la grande table ronde en pierre où un louveteau est couché et ligoté, les yeux écarquillés de terreur, son petit corps tremblant. Une par une, les bougies vacillent. Les ténèbres s'épaississent, deviennent plus denses. Et le louveteau hurle.

* * *

Je me suis assise dans mon lit à la vitesse de l'éclair. J'entendais toujours l'écho des cris d'agonie du louveteau, et les ténèbres autour de moi... étaient uniquement les ténèbres de ma chambre à coucher au milieu de la nuit. Je me trouvais dans ma chambre, dans mon lit; pourtant, je portais toujours le rêve en moi, dans toute sa vividité et sa terreur.

Hunter, j'ai besoin de toi! Sans y réfléchir, j'ai envoyé un message de sorcière à mon petit ami, Hunter Niall.

Sa réponse s'est immédiatement fait sentir : J'arrive.

J'ai jeté un coup d'œil du côté du réveil. Il était un peu plus de 3 h. Vêtue de mon pyjama en flanelle, je suis descendue au rez-de-chaussée à pas feutrés pour attendre Hunter.

Il ne lui a fallu que dix minutes pour arriver, mais j'ai eu l'impression d'attendre dix heures à faire nerveusement les cent pas dans le salon. Le cauchemar était loin de s'effacer. Il était toujours présent, comme s'il me suffisait de fermer les yeux pour m'y replonger.

J'ai regardé par la fenêtre pour voir Hunter approcher, écrasant sous ses pas la neige tombée sur notre vieille pelouse. Ses cheveux blond pâle étaient figés en pointes autour de sa tête, et ma vision magyque me montrait les traces de rose dessinées par le vent froid sur son visage pâle aux traits finement découpés.

— Qu'est-il arrivé ? a-t-il demandé sans préambule alors que j'ouvrais la porte d'entrée.

— J'ai fait un rêve.

Je l'ai tiré à l'intérieur pour ouvrir son blouson et enfouir mon visage contre son torse couvert d'un pull.

D'un geste caressant, il a repoussé mes cheveux de mon front.

— Raconte-moi.

Debout dans le cercle formé par ses bras, je lui ai murmuré mon rêve afin de ne pas réveiller ma famille. À chaque parole, les images de mon rêve semblaient planer dans l'air autour de moi : le loup qui bavait, les yeux jaunes du hibou qui cherchaient et cherchaient. J'aurais voulu me cacher de ces yeux jaunes, les empêcher de me pourchasser.

Arrête. Ce n'est pas réel, me suis-je dit.

— J'ignore pourquoi ce rêve m'a tant effrayée, ai-je conclu sans conviction. C'était seulement un rêve. Et je n'en faisais même pas partie.

Mais Hunter n'a pas prononcé les paroles réconfortantes débitées en temps normal. Il est plutôt demeuré silencieux un moment en tambourinant doucement mon épaule de ses doigts. Il a enfin parlé :

— Je pense que je devrais signaler ton rêve au Conseil.

Mon cœur s'est serré.

— Au Conseil? Tu crois que ce soit aussi sérieux?

Il a secoué la tête, et ses yeux verts étaient sombres.

— Je ne sais pas. Je n'ai pas d'expérience dans l'interprétation des rêves. Mais le tien contient des éléments qui m'inquiètent… beaucoup.

J'ai avalé ma salive.

— Oh, ai-je fait d'une petite voix.

— Morgan? a fait la voix endormie de papa qui provenait de l'étage. Tu es en bas? Que fais-tu debout à cette heure?

Je me suis rapidement retournée.

— Je suis descendue boire quelque chose, ai-je lancé. Retourne te coucher, papa.

— Toi aussi, a-t-il marmonné.

Hunter et moi nous sommes regardés.

— Je t'appellerai, a-t-il murmuré.

Je l'ai vu disparaître dans l'obscurité. Puis, je suis remontée à ma chambre pour

me coucher, sans dormir, pleine d'appré-
hensions, en attendant que le soleil se lève.

1

Prophéties

2 mars 1977

J'ai rêvé de l'Irlande à nouveau. Comme chaque fois, le rêve a laissé en moi un désir sans logique. Ce n'est qu'une image, d'une simplicité trompeuse, innocente, vraiment : un vêtement d'enfant en lin, crème qui vole au vent sur une corde à linge, un ciel bleu en arrière-plan. Derrière lui, j'aperçois les collines herbeuses menant au pied de Slieve Carrofin et au grand rocher en forme de tête de lézard à son sommet. Je me souviens que les habitants du pays lui donnaient le nom de dragon de Ballynigel, même si j'ai l'impression que le nom s'adressait surtout aux touristes.

Pourquoi Ballynigel continue-t-elle de hanter mes rêves? Et que dire du fait que ce rêve m'est revenu à l'âge de dix-huit ans, deux nuits avant mon mariage avec Grania? Si, comme on nous l'apprend, tout a une signification, que signifie ce rêve? Est-ce un avertissement par rapport à ce mariage? Non, ça semble impossible. Je rêve de cette robe depuis que j'ai huit ans.

De toute façon, Grania est enceinte de mon enfant depuis trois mois. Et elle est un bon parti. Sa famille figure parmi les plus riches de Liathach, notre assemblée. Encore plus important, sa mère est la plus grande prêtresse de Liathach et elle n'a pas d'autres enfants. Grania n'a aucunement l'ambition de diriger l'assemblée. Elle est heureuse de me laisser prendre ce rôle. J'ai toujours su qu'un jour, je serais le chef de Liathach. Devenir le beau-fils de Greer MacMuredach ne rendra la passation des pouvoirs que plus simple. Ensemble,

Grania et moi élèverons une dynastie pleine de pure magye Woodbane.

— Neimhich

À 8 h 30, le ciel avait toujours cette teinte pâle du petit matin alors que je pilotais ma voiture vers le sud sur la New York State Thruway. Il n'y avait pratiquement aucune autre voiture sur la route, et le monde paraissait immobile et silencieux dans l'air glacé de janvier. Sur la banquette arrière de Das Boot, mon énorme Plymouth Valiant, modèle 1971, s'étaient entassés Bree Warren, Robbie Gurevitch, Raven Meltzer et la cousine de Hunter, Sky Eventide. Ils étaient tous endormis : Raven était à demi effondrée sur Sky et Bree était blottie contre Robbie. La seule autre personne éveillée à bord était Hunter, assis sur le siège du passager à mes côtés. J'ai jeté un coup d'œil vers lui pour l'apercevoir de profil, concentré sur la lecture d'une carte routière. Il m'arrivait de me demander si

Hunter vivait un seul moment sans cette détermination intense. Était-il aussi intense même dans son sommeil?

Peut-être le découvrirais-je durant le week-end à venir? Nous six nous apprêtions à passer quatre nuits à New York. Je n'avais jamais passé autant de temps avec Hunter et, au fond de moi, je ressentais des palpitations de plaisir à l'idée qu'il soit aussi près de moi. Notre relation était encore jeune, mais je savais, sans l'ombre d'un doute, que j'étais amoureuse de lui. La plupart du temps, j'étais plutôt certaine qu'il partageait le sentiment, mais parfois, je ressentais de l'insécurité à ce sujet. Je lui avais exprimé mes sentiments quelques semaines plus tôt, mais il ne m'avait pas rendu la pareille. Qui sait? Peut-être qu'à ses yeux, ce n'était pas nécessaire. Je n'avais pas eu le courage de le lui demander.

— Morgan, il faudra prendre Palisades Parkway jusqu'au pont George Washington, puis emprunter Harlem River jusqu'à l'autostrade Franklin Delano Roosevelt, a-t-il dit avec un ton des plus britanniques.

— On dit *autoroute* ici, ai-je dit, incapable de m'empêcher de le taquiner.

— *L'autoroute*, alors. Elle nous mènera directement vers l'est de la ville.

— Je sais.

Je n'avais jamais conduit jusqu'à New York auparavant, mais j'y étais venue assez souvent avec ma famille. Depuis Widow's Vale, qui se trouvait à environ deux heures au sud, la route était pratiquement directe.

— À quelle vitesse roules-tu ?

J'ai jeté un coup d'œil à l'indicateur de vitesse.

— Cent vingt.

Il a froncé les sourcils. J'ai souri. Hunter le responsable. À l'âge de dix-neuf ans, il était le plus jeune membre de l'Assemblée internationale des sorcières, un investigateur chargé de la mission de découvrir les sorcières qui faisaient un usage inapproprié de leur magye pour les punir comme il se doit. C'était un emploi sérieux. Trop sérieux, parfois, selon moi. Depuis ma rencontre avec Hunter, j'avais vu une plus grande part du côté sombre de la Wicca que je ne l'aurais voulu.

Environ deux mois plus tôt, j'avais appris que je n'étais pas réellement la fille biologique des gens que j'avais toujours cru être mes parents. En réalité, j'étais adoptée, une sorcière de sang, descendante d'un des sept grands clans de la Wicca. De plus, j'étais l'héritière d'un pouvoir incroyable.

La magye avait apporté un chagrin virulent dans ma vie. Elle m'avait amenée à m'interroger sur absolument tout ce que j'avais jamais cru être vrai. Mais la magye était aussi un cadeau extraordinaire : une ouverture des sens, l'émergence de souvenirs ancestraux, un lien euphorique avec la terre et une force que je n'avais cru possible. Et elle avait amené Hunter dans ma vie. Hunter, que j'aimais plus que tout.

— Tu roules presque à cent trente, a dit Hunter d'un ton désapprobateur.

J'ai ralenti à cent cinq.

— La route est déserte, lui ai-je fait remarquer.

— À l'exception, peut-être, d'un policier, m'a-t-il averti.

J'ai senti ses yeux verts rivés sur moi et quand je lui ai jeté un regard à la dérobée, il m'a souri.

— C'est dommage que nous ne voyagions plus sur des balais, a-t-il dit.

— Nous l'avons déjà fait? ai-je demandé, animée par une curiosité sincère. Cela doit être amusant.

Hunter a haussé les épaules.

— Tu crois? J'ai l'impression que ça doit être réellement inconfortable — un siège dur, aucun chauffage ou climatisation, des insectes qui volent constamment dans ta bouche…

Je lui ai jeté un autre regard pour apercevoir une lueur d'amusement dans ses yeux. J'ai ressenti une bouffée de joie qui s'est manifestée par un sourire niais.

— Je suppose que je vais me contenter de conduire une voiture pour l'instant.

Nous avons poursuivi notre route en silence durant un certain moment. La brume légère de nuages minces semblait se dissiper pour laisser place à un ciel d'un bleu pâle et cristallin, typiquement hivernal. Il y avait quelques voitures de plus sur la route à présent.

Hunter était à l'origine de notre voyage à New York. Hunter, mon rêve et la chaudière antique du lycée de Widow's Vale qui était tombée en panne le vendredi précédent la Journée de Martin Luther King et avait miraculeusement transformé un long week-end de trois jours en un congé de cinq jours.

En fin de compte, le Conseil avait accordé une grande importance à mon rêve. Ses membres l'interprétaient comme une vision prophétique et avaient ordonné à Hunter de mener l'enquête.

— Ils croient que les animaux de ton rêve étaient en réalité des membres d'une assemblée de Woodbane qui porte le nom d'Amyranth, m'avait indiqué Hunter après avoir reçu les directives du Conseil.

— Amyranth?

J'ai froncé les sourcils. Où avais-je déjà entendu ce nom?

Parmi les sept grands clans, les Woodbane avaient la réputation de convoiter le pouvoir et d'en abuser. Mais il existait aussi des assemblées de Woodbane, comme Belwicket, à laquelle mes parents biologiques avaient appartenu, qui avaient renoncé au mal.

— Amyranth ne fait pas partie des bonnes assemblées, m'a dit Hunter. C'est une des pires. Il s'agit de la seule assemblée que l'on soupçonne de pratiquer la magye interdite du changement de forme. En fait, une autre assemblée, Turneval, avait aussi l'habitude d'effectuer des changements de forme. Mais Turneval a été démantelée au début des années 1970, une fois que le Conseil a ôté les pouvoirs des membres principaux. Amyranth a évité un sort semblable en œuvrant dans un profond secret. Ses membres continuent normalement à faire partie d'une autre assemblée, et Amyranth est leur assemblée secrète.

Il m'avait jeté un regard à la dérobée.

— Selene Belltower était membre d'Amyranth.

— Oh.

Voilà où j'avais entendu ce nom. J'ai frissonné involontairement en pensant à Selene.

— Alors tu parles de quelque chose de très effrayant.

On avait envoyé Hunter à Widow's Vale l'automne passé à la recherche de sorcières Woodbane qui faisaient appel à la magye noire pour détruire leurs adversaires et hausser leur pouvoir. Leur dirigeante locale était Selene Belltower, la mère de Cal Blaire, le demi-frère de Hunter et mon premier amour. Bien que j'étais moi-même une Woodbane, Selene avait voulu siphonner mon pouvoir et elle avait utilisé Cal pour y parvenir. Lorsque ce plan avait échoué, Selene avait kidnappé ma petite sœur, Mary K., ce qui avait obligé Hunter et moi à l'affronter lors d'une bataille horrible, juste avant Noël. Elle avait failli nous tuer, Hunter et moi, et je craignais que Mary K. souffre toujours d'effets secondaires à la suite de sa captivité.

Cal s'était interposé devant moi pour encaisser l'éclair d'énergie sombre qu'elle m'avait jeté. À présent, Cal était mort des mains de sa propre mère. Même s'il m'avait utilisée et m'avait trahie, au bout du compte, il avait donné sa vie pour sauver la mienne. Je n'avais pas encore tout à fait digéré tout ça : tant le fait que le beau garçon que j'avais tant aimé nous ait quittés que le fait qu'il était mort par ma faute.

Selene était aussi morte ce soir-là. Même si je n'avais certainement pas planifié la tuer, j'étais hantée par la peur que ma magye avait contribué à sa mort en quelque sorte. Je n'avais jamais vu la mort de près. Elle était si définitive, vide et horrible. Voir Selene et Cal vivants une minute et morts l'instant d'après avait transformé quelque chose en moi. Malgré leurs pouvoirs formidables, Selene et Cal étaient mortels, eux aussi. Depuis ce soir-là, je posais un regard neuf sur tous ceux que je connaissais et aimais. Nous étions tous si fragiles, tous passibles de nous éteindre si facilement. Je ne pouvais m'empêcher d'y repenser pendant que je pilotais la voiture en ce beau matin.

— Est-ce que ça va? a doucement demandé Hunter. Si tu serres ce volant plus fort, tu vas l'arracher de la colonne de direction.

— Je vais bien.

J'ai forcé mes mains à se détendre.

— Tu penses à Selene et à Cal? a deviné Hunter.

Il était très sensible à mes émotions. Personne ne m'avait jamais lue avec une telle précision. Parfois, je me sentais vulnérable, mise à nu. Et parfois, c'était étrangement réconfortant. À ce moment-là, je ressentais un mélange des deux.

J'ai hoché la tête alors que nous filions devant une sortie. Hunter et Cal ne s'étaient jamais aimés. Ils ne s'étaient jamais connus autrement qu'en tant qu'ennemis. Mais Hunter savait que j'avais aimé Cal et s'efforçait d'être respectueux de ce sentiment. Il comprenait mieux que quiconque ce que m'avait coûté la découverte de mes pouvoirs.

— Parlons d'autre chose, ai-je dit. Pouvons-nous revoir les détails de cette vision? Je ne suis pas encore certaine de ce que nous devons faire.

— *Nous* ne sommes pas censés faire quoi que ce soit, a répliqué Hunter. Tu ne dois pas être impliquée. Je ne veux pas que tu prennes de risques, Morgan.

J'ai ressenti une pointe de mécontente-
ment. Nous nous étions disputés à ce sujet
plus d'une fois dans les deux derniers jours,
après l'appel du Conseil. Parce que j'avais
eu le rêve, le Conseil avait demandé que
j'accompagne Hunter au cas où il aurait
besoin de me consulter. Bien entendu, je
souhaitais l'accompagner. Il s'agissait de
mon rêve après tout. En outre, j'aimais
l'idée de passer du temps en ville avec
Hunter.

Hunter n'avait pas été trop chaud à
l'idée, par contre.

— C'est trop dangereux, avait-il dit
catégoriquement. Tu es la dernière personne qui devrait se trouver dans un nid
de Woodbane...

Il m'avait expliqué que le Conseil était
persuadé que Selene avait agi au nom
d'Amyranth; il était possible que je sois
toujours une cible. Impossible de prétendre
ne pas craindre cette perspective. Mais
Selene était morte à présent et rien de
fâcheux ne m'était arrivé durant les
semaines suivant sa mort, et je commençais à me sentir plus en sécurité.

Suffisamment pour que mon envie d'être avec Hunter l'emporte sur ma peur.

— Le Conseil croit que je devrais y aller, avais-je argumenté.

— Le Conseil est composé d'une bande de…

Il s'était interrompu en serrant les lèvres en signe d'agacement. J'avais écarquillé les yeux. S'apprêtait-il réellement à dire des gros mots au sujet du Conseil ?

— Ils ne tiennent pas toujours compte des risques individuels, avait-il dit une minute plus tard. Ils ne sont pas sur le terrain. De toute façon, tu ne peux pas m'accompagner, avait-il poursuivi. Tu dois aller à l'école. Tes parents ne te laisseront pas t'absenter pendant deux jours pour te rendre en ville seulement parce qu'une bande de sorcières de Londres pensent que tu devrais le faire.

Il avait raison à ce sujet, force m'était de l'admettre.

Mais ensuite, la chaudière de l'école était tombée en panne, et Bree avait suggéré de combiner la mission de Hunter et une escapade à l'appartement new-yorkais de son père. Après une longue discussion avec mes parents, ils avaient accepté, et Hunter n'avait plus aucune bonne raison de m'en empêcher. Je souriais en y repensant. Le destin devait avoir fait son œuvre.

Quand mercredi soir était venu, notre escapade avait pris de l'expansion pour inclure six membres de Kithic, notre assemblée. Sky se joignait à nous parce que Hunter et elle étaient cousins et qu'ils se tenaient toujours les coudes. Raven voulait être avec Sky, et Robbie devait venir pour passer du temps avec Bree.

La circulation est devenue plus dense à l'approche de Palisades Parkway menant au pont George Washington. J'ai ralenti.

— Alors, les animaux de mon rêve étaient en réalité des sorcières d'Amyranth sous leur forme animale ; c'est bien ça ?

— Exact, a confirmé Hunter. C'est ce que nous croyons. Nous savons qu'ils utilisent des masques à l'effigie d'animaux pour certains de leurs rites les plus sombres. Il arrive plus rarement qu'une sorcière soit en mesure de prendre une forme animale, mais ils en sont capables. Le Conseil croit que le louveteau sur la table représente l'enfant de la sorcière ayant pris la forme d'un loup.

Ma bouche est devenue béante.

— Mais… On aurait dit que le louveteau allait être sacrifié. Es-tu en train de me dire qu'une mère — ou un père — s'apprête à tuer son propre enfant?

Hunter a hoché la tête.

— En théorie, a-t-il doucement répondu. Le scénario le plus probable est qu'on retirera les pouvoirs de la victime. Ce qui occasionne normalement la mort.

— Quoi d'autre? ai-je demandé après un moment en tentant d'imiter son sang froid.

— Là, nous nous aventurons dans ce que le Conseil ignore, a dit Hunter. D'abord, nous ne savons pas quelle cellule d'Amyranth planifie cet événement.

— Combien existe-t-il de cellules?

Hunter a poussé une longue expiration.

— Quatre, à notre connaissance. Une établie à San Francisco — dont faisait partie Selene —, une près de Glasgow, en Écosse, une dans le nord de la France et une à New York. Des espions sont parvenus à infiltrer les trois autres cellules, mais malheureusement, la cellule de New York est la moins connue du Conseil. En gros, tout ce que nous connaissons est son existence. Nous ignorons l'identité de ses membres ; nous ne pouvons même pas la lier à des incidents précis de magye noire. Il s'agit de la section la plus ombrageuse de cette assemblée.

Je tentais de démêler tout ça.

— Alors, le Conseil ignore qui se cache derrière le loup.

— Et derrière le louveteau, a dit Hunter. Nous croyons qu'il s'agit d'une jeune sorcière qui court de graves dangers. Mais nous n'avons aucune idée de qui est la victime ni pourquoi elle a été choisie.

— Et ton job, c'est… ai-je demandé.

— Comme je le disais, nos agents ont déjà infiltré les trois autres cellules d'Amyranth et ils tenteront d'obtenir le plus de renseignements possible, a dit Hunter. Comme nous n'avons que très peu d'informations sur l'assemblée de New York, je dois essayer de remplir les blancs, de trouver la sorcière ciblée, et si elle se trouve ici, à New York…

— Nous devons trouver un moyen de la protéger, ai-je dit en terminant sa phrase.

— *Je* dois trouver un moyen de la protéger, m'a corrigée Hunter. *Tu* dois te détendre et profiter de la ville. Faire les boutiques, visiter des musées, manger des bagels, visiter la Statue de la Liberté.

— Oh, allez. Tu auras besoin de mon aide, ai-je argumenté. Je veux dire, tu n'as à peu près aucune piste. Par où commenceras-tu ? Pouvons-nous effectuer un présage ou quelque chose comme ça ?

— Tu ne crois pas que le Conseil a déjà essayé tous les moyens d'obtenir de l'information par la magye ? a gentiment demandé Hunter. Nous sommes dans un cul-de-sac. Il faut travailler sur le terrain maintenant. Et tu ne peux pas m'aider là-dedans.

Il a doucement posé un doigt sur mes lèvres alors que je m'apprêtais à protester.

— Tu le sais aussi bien que moi, Morgan. C'est simplement trop dangereux pour toi.

Il a pris un air préoccupé.

— Tout ceci me rappelle un autre truc que le Conseil ne pouvait comprendre.

— Quoi donc?

J'ai donné un coup de klaxon impatient. Les voitures avançaient à pas de tortue, et ce, même si nous nous trouvions toujours à des kilomètres du pont.

— Nous ignorons pourquoi tu as reçu ce rêve.

Tel un doigt glacé, j'ai senti la peur se glisser dans mon dos. J'ai avalé ma salive en gardant le silence.

— Gurevitch, ôte ton coude de mes côtes, a murmuré Raven.

Il y a eu un remous général sur la banquette arrière, puis Robbie s'est penché vers l'avant, contre la banquette en vinyle bleu.

— Bonjour, nous a-t-il dit. Où sommes-nous?

— À environ dix kilomètres au nord de la ville, a répondu Hunter.

— Je meurs de faim, a dit Robbie. Si nous arrêtions pour le petit déjeuner?

— J'ai apporté des muffins, a annoncé Bree.

J'ai jeté un coup d'œil dans le rétroviseur pour l'apercevoir qui tenait un grand sac de papier blanc, paraissant à la fois endormie et belle comme une top-modèle. Bree était grande et mince, elle avait les yeux foncés et des cheveux lisses d'un brun de vison. Robbie, notre bon ami depuis l'école primaire, et elle avaient commencé à se fréquenter récemment… en quelque sorte. Robbie était amoureux de Bree, mais lorsqu'il lui avait admis ses sentiments, elle avait, dans les mots de Robbie, filé entre ses doigts comme une anguille. Pourtant, elle continuait de le fréquenter. Ce qu'elle ressentait réellement pour lui relevait du mystère pour moi. Non pas que j'étais exactement une experte sur la vie de couple. Hunter était mon second petit ami.

— Tu as des muffins au citron et aux graines de pavot ? a demandé Raven en fouillant dans le sac. T'en veux un, Sky ?

— Ouais, merci, a dit Sky en bâillant.

Sky et Raven étaient la preuve que les contraires s'attirent. Sky était une fille mince, pâle, blonde, aux penchants pour les vêtements androgynes et d'une beauté délicate qui démentait son pouvoir considérable. Raven était la fille gothique locale typique dont la préférence pour les vêtements de fille vilaine laissait peu de place à l'imagination. Sa tenue ce jour-là comprenait un bustier étroit en vinyle noir qui révélait les flammes tatouées autour de son nombril. Une pierre pourpre étincelait sur son nez quand elle tournait la tête. Ce qui était captivant au sujet de Raven, qui détenait le record du nombre de gars séduits, était le fait qu'elle fréquentait actuellement Sky. Et Sky était amoureuse de Raven. Résolument l'attirance des opposés.

Hunter a choisi un muffin aux canneberges dans le sac de Bree et m'en a servi une bouchée pendant que je pilotais la voiture dans l'atroce circulation du pont.

— Merci, ai-je marmonné de ma bouche collante.

Il a avancé la main pour essuyer une miette au coin de ma bouche. Nos regards se sont croisés pour demeurer rivés, et j'ai

senti le sang me monter au visage en apercevant le désir dans ses yeux.

— Euh, Morgan? a dit Robbie depuis
la banquette arrière. La route est par là.

Il a pointé vers le pare-brise.

Toujours rouge, j'ai reporté mon attention sur la route en tentant d'ignorer
comment la présence de Hunter, si près,
affectait mes terminaisons nerveuses. Mais
je ne pouvais m'empêcher de me demander
à quoi ressemblerait mon séjour avec lui
dans l'appartement du père de Bree.

M. Warren était un avocat émérite dont
les clients étaient établis en ville et dans le
nord-ouest de l'État. Je savais que son
appartement se trouvait quelque part entre
la 20e et la 30e Avenue dans l'est de
Manhattan. Même si nous n'y serions pas
seuls, se retrouver dans un appartement à
New York avec Hunter me semblait furieusement romantique. Je nous imaginais
dans la chambre principale, embrassant la
vue du ciel de Manhattan.

Et ensuite? me suis-je demandé avec
une pointe d'alarme. Hunter, qui a ressenti
cette alarme, a retiré sa main de ma cuisse.

— Qu'est-ce qui ne va pas ? a-t-il demandé.

— Rien, ai-je rapidement répondu.

— En es-tu certaine ?

— Hum… Je ne suis pas vraiment prête à en parler, ai-je dit.

— C'est bon.

J'ai senti Hunter détourner délibérément ses sens de moi pour me laisser examiner mes pensées en paix.

Cal avait été mon premier petit ami. Il avait été si beau, si charismatique et séduisant. Et comme si ce n'était pas assez, il m'avait aussi initiée à la magye et à sa beauté. Il m'avait dit que nous étions des *mùirn beatha dàns*, des âmes sœurs. Et j'avais voulu le croire. Chaque parcelle de moi avait voulu être avec lui, pourtant, je ne m'étais pas sentie prête à franchir la dernière étape, soit à coucher avec lui. À présent, je me demandais si une partie de moi avait su dès le départ que Cal me mentait, me manipulait. Ce doute transformait mon deuil en un sentiment plus compliqué, strié de ressentiment et de colère.

Mais Hunter était différent. Je l'aimais, je lui faisais confiance, et il exerçait sur moi une attirance complète à fendre l'âme. Alors pourquoi étais-je effrayée à l'idée de faire l'amour avec lui? J'ai jeté un coup d'œil dans le rétroviseur pour étudier mes amis. Robbie était vierge, comme moi, même si j'étais convaincue qu'il ne le serait plus pour très longtemps à présent qu'il fréquentait Bree. Il la désirait désespérément. J'ignorais quel était le statut de Sky, mais je savais que Bree avait perdu sa virginité en troisième secondaire, et Raven... Difficile d'imaginer que Raven avait *déjà* été vierge.

Qu'est-ce qui clochait chez moi pour être toujours aussi inexpérimentée à dix-sept ans?

— Il faudra prendre la prochaine sortie, a murmuré Hunter.

J'étais reconnaissante de ce gentil rappel. J'ai rejoint la circulation sur Harlem River, et nous avons survolé la partie supérieure de Manhattan en direction du FDR Drive et de l'East River.

Soudain, notre vue dégagée du ciel hivernal a disparu. L'air s'est teinté de gris, et des panneaux d'affichage et des immeubles en brique sont apparus à ma droite. La circulation qui roulait déjà lentement est devenue en dents de scie ; des conducteurs impatients enfonçaient leur klaxon. Devant moi, une fourgonnette a craché un nuage de gaz noir. J'ai entrevu l'eau de la couleur du plomb de la rivière à ma gauche et des immeubles industriels au-delà. Un chauffeur de taxi m'a crié des paroles inintelligibles en me dépassant par la droite.

J'ai ressenti une bouffée d'énergie crue et furieuse. Nous étions arrivés en ville.

2

Recherche

3 mars 1977

Mes habits de mariage sont étalés sur le lit. La robe blanche aux runes brodées de fil d'or pour invoquer le pouvoir. La ceinture tissée de fils dorés et cramoisis. Les bracelets en or du marié martelés de rubis dont j'ai hérité du père de Grania. On a jeté des sortilèges à chaque vêtement pour assurer la force et la fertilité, pour nous protéger de tout ce qui pourrait nous faire du mal et nous bénir, tant pour assurer notre richesse qu'une longue vie.

Je me demande ce qu'il en est de l'amour, par contre. Grania me taquine en me disant que rien n'arrive à toucher réellement mon cœur, et peut-être a-t-elle

33

raison. Je sais que je ne l'aime pas, même si j'ai de l'affection pour elle.

Pourtant, mon esprit s'attarde sur mon aventure de l'été passé avec cette Woodbane américaine, Selene. Je sais que ce n'était pas de l'amour, mais, Déesse, comme c'était excitant, l'expérience la plus intense de ma vie. Et ceci comprend toutes les fois où Grania et moi avons eu des rapports intimes. Malgré tout, Grania est jolie et très malléable. Et elle est forte dans sa magye. Nos enfants seront puissants, et c'est ce qui importe le plus. Le pouvoir. Le pouvoir Woodbane.

Alors pourquoi suis-je hésitant dans ma préparation à notre mariage? Et pourquoi rêvé-je encore à cette satanée robe blanche?

— Neimhich

L'appartement du père de Bree était situé au coin de Park Avenue et de la 22e Rue. Sous les directives de Bree, j'ai manœuvré Das Boot pour sortir de FDR

Drive, traverser la 23ᵉ Rue et finalement arriver sur Park Avenue et entrer dans le garage souterrain sous l'immeuble abritant l'appartement de son père.

À notre entrée, le préposé au stationnement m'a jeté un drôle de regard. Avec ses deux panneaux latéraux couverts de mastic de finition gris, son capot bleu ardoise et son nouveau pare-chocs d'un métal éclatant, Das Boot avait déjà eu l'air plus raffiné.

Bree a baissé sa vitre pour parler au gardien.

— Nous sommes des invités de M. Warren, appartement 36, a-t-elle dit. Il a demandé un laissez-passer pour invité.

Le gardien a consulté un écran d'ordinateur avant de nous laisser passer. Le garage était rempli de BMW, de Jaguar, de Mercedes et de VUS haut de gamme.

J'ai tapoté l'aile colorée de Das Boot.

— Tu es un bon ajout à cet endroit, lui ai-je dit. Ils verront comment l'autre moitié se déplace.

— C'est la voiture parfaite pour la ville, m'a assurée Robbie. J'imagine mal quelqu'un tenter de la voler.

Chargés de nos sacs, nous nous sommes dirigés vers l'ascenseur. Bree a appuyé sur le bouton du trentième étage, et Hunter a serré ma main dans la sienne. C'était si somptueux, comme si nous étions dans un film.

Raven a souri à Sky.

— C'est très cool. J'adore la ville.

Sky lui a rendu son sourire.

— Tu crois que je pourrais te convaincre de visiter les Cloîtres?

— Tu parles, a répondu Raven. C'est un musée médiéval, non? J'adore ce genre de truc.

Les portes de l'ascenseur se sont ouvertes, et nous avons déambulé dans un couloir étroit jusqu'à un appartement tout au bout. M. Warren nous a ouvert la porte avant même que nous y cognons. À l'image de Bree, il était grand, svelte et très beau. Il portait un élégant complet accompagné d'une cravate en soie.

— Entrez, a-t-il dit.

Il a pointé un petit moniteur vidéo offrant une vue du couloir du trentième étage.

— Je vous ai vus arriver, a-t-il fait avant de déposer un baiser sur la joue de Bree et de m'adresser un sourire. Bonjour, Morgan. Il y a longtemps que je t'ai vue.

— Allô, M. Warren, ai-je marmonné.

Il m'avait toujours rendue un peu nerveuse.

Il a appuyé sur un bouton, et une vue du garage s'est affichée sur le moniteur. En pressant sur un autre bouton, il nous a montré une image du hall de l'immeuble et du portier.

— J'ai indiqué au personnel de la sécurité que vous seriez ici jusqu'à lundi, a-t-il dit. Vous avez fait un bon voyage ?

Bree s'est étirée.

— Parfait. Morgan a conduit. J'ai dormi pendant presque tout le trajet. Oh, papa. Tu as déjà rencontré Robbie, Raven et Sky. Et je te présente Hunter Niall, le cousin de Sky. Je t'ai déjà parlé de lui.

Je me suis demandé ce que Bree avait dit exactement à son père. Savait-il que

Hunter et Sky étaient des sorcières et que sa propre fille pratiquait la Wicca ? Probablement pas, ai-je décidé. M. Warren n'était pas un parent très impliqué. Il résidait à New York la moitié du temps, et même lorsqu'il se trouvait à Widow's Vale, Bree n'avait pas de couvre-feu, ne devait pas rentrer à la maison pour le dîner à une heure précise, n'avait pas à téléphoner pour dire où elle était. Mes parents avaient quelque peu hésité à me laisser faire ce voyage pour cette raison.

M. Warren a jeté un coup d'œil à sa montre.

— J'ai bien peur de devoir vous quitter, les amis. Bree, j'ai laissé deux clés supplémentaires dans la cuisine. Fais visiter l'appartement et servez-vous pour ce qui est de la nourriture. Vous pouvez dormir n'importe où sauf dans ma chambre. J'ai un dîner à Long Island ce soir alors je risque de rentrer tard.

Il a effleuré d'un baiser la joue de Bree avant de prendre son manteau dans le placard du couloir.

— Profitez bien de la ville !

Après son départ, Bree a souri avant de dire :

— Venez. Faisons la grande visite.

La grande visite a nécessité grosso modo deux minutes. L'appartement de M. Warren se composait d'un salon de taille raisonnable dont les fenêtres donnaient sur Park Avenue, d'une chambre principale, d'un petit bureau, d'une chambre d'invités encore plus petite, d'une salle de bain et d'une minuscule cuisine dont la conception visait surtout l'efficacité.

Tout le monde a poussé des « oh » et des « ah », mais impossible pour moi de ne pas être déçue, et je soupçonnais les autres de partager ce sentiment. Bree nous avait avertis que l'appartement ne comptait que deux chambres, mais d'une certaine façon, je m'étais attendue à quelque chose de plus grand, de plus grandiose. L'intimité serait ardue.

— Super, a finalement dit Robbie. C'est bien situé.

— Une seule salle de bain ? a dit Raven d'un ton incrédule. Et nous sommes sept.

Bree a haussé les épaules.

— Nous sommes à Manhattan. L'espace est limité. En réalité, cet endroit est énorme selon le standard de Manhattan.

— J'aime le décor, a dit Sky. C'est simple.

Voilà un euphémisme, ai-je pensé. À l'image de la maison des Warren à Widow's Vale, l'appartement était austère. Les murs étaient blancs, les tissus de l'ameublement se déployaient dans des tons neutres et tempérés. Les meubles étaient légers et dépouillés, le mobilier du salon se résumant à un canapé modulaire, une table basse et un téléviseur à écran plat. Une toile était suspendue au mur nord, un bloc brun abstrait dont la couleur fanait vers le brun clair sur fond blanc. Il n'y avait aucun bibelot, aucune photo, aucun vase. Personne ne semblait habiter cette pièce.

Nous avons déposé nos sacs en tas près du divan. Hunter s'est tenu près des fenêtres. Vêtu d'un jean délavé qui flottait à sa taille et d'un pull de la couleur du blé, il avait un aspect quelque peu bohémien, mais il était d'une beauté totale. La lumière donnait à ses yeux la teinte d'un jade pur. Depuis que j'avais fait sa connaissance, j'avais passé un temps démesuré à songer aux yeux de Hunter. Ils avaient parfois la couleur de l'herbe printanière, parfois celle de la mer.

— Quel est notre plan ? a demandé Sky à Hunter.

— Il est un peu passé 10 h, a dit Hunter.

Il n'avait pas pris la peine de consulter une horloge. Ses sens de sorcière étaient extrêmement sensibles au temps.

— Je dois faire quelques appels, a-t-il continué.

Il a brièvement expliqué sa mission aux autres.

— Oh, bien sûr, a dit Raven avec sarcasme. Pas de problème.

— Hé ! J'ai perdu une aiguille dans une botte de foin la semaine dernière, a ajouté Bree. Tu penses pouvoir la retrouver ? Tu sais, quand tu disposeras d'une seconde.

— As-tu besoin d'aide ? a doucement demandé Sky à Hunter.

J'ai dû réprimer une pointe irrationnelle de jalousie. Elle est sa cousine, me suis-je rappelé. Ils se tiennent les coudes.

Hunter m'a regardée à la dérobée, un faible sourire sur les lèvres, et j'ai su qu'il avait remarqué ma réaction.

— Non, a-t-il dit à Sky. Pas pour cette partie, en tous les cas. Ce sera plus facile d'amener les gens à me parler si je suis seul. Rencontrons-nous ici pour le dîner. Dix-huit heures, ça vous va ?

— Ça marche pour moi, a dit Raven. Il y a des boutiques près de St. Mark's Place que j'aimerais bien visiter. Quelqu'un veut m'accompagner ?

Sky, Bree et Robbie ont suivi Raven dans son excursion du côté de St. Mark's, mais j'ai décidé de demeurer à l'appartement en donnant comme excuse le besoin de me reposer après le long trajet. En réalité, j'avais ma propre mission secrète en ville. Je devais préparer mon plan d'action.

Après le départ des autres, je me suis avancée vers la grande fenêtre double donnant sur Park Avenue. Je pouvais sentir la ville bourdonner sous moi, les gens à bord de voitures, d'autobus et de taxis ; les piétons et les messagers à vélo. J'ai éprouvé un certain regret de ne pas me trouver dans les rues avec les autres. Mais j'avais du boulot.

J'ai ouvert mon sac à dos pour en sortir un livre à la couverture rouge foncé et un poignard au manche en ivoire aux gravures élaborées. Ils faisaient partie de mon héritage : le Livre des ombres et l'athamé, ou poignard cérémoniel, ayant appartenu à ma mère biologique, Maeve Riordan. Ses autres outils de sorcière étaient demeurés à Widow's Vale, cachés chez moi.

Je me suis assise sur le plancher du salon de M. Warren et j'ai ouvert le livre à une entrée datée du mois d'avril 1982, quelques mois avant l'arrivée de Maeve et d'Angus Bramson, mon père biologique, en Amérique. Ils s'étaient enfuis de l'Irlande, où leur assemblée, Belwicket, avait été détruite par une force appelée la vague sombre, un concentré meurtrier d'énergies sombres. Maeve et Angus avaient été les seuls survivants.

Comme il ne leur restait plus rien en Irlande et qu'ils avaient la nette impression qu'on les pourchassait, Maeve et Angus s'étaient réfugiés à New York. Éventuellement, ils avaient quitté la ville pour s'installer dans le nord-ouest de l'État, à une heure ou deux de Widow's Vale, dans une ville minuscule du nom de Meshomah Falls.

L'entrée de journal de cette page relatait comment Maeve avait été malheureuse dans son appartement de Hell's Kitchen[1]. Elle avait l'impression que Manhattan était isolée du pouls de la terre. Ceci aiguisait son chagrin par rapport à tout ce qu'elle avait perdu.

J'ai tenu l'athamé sur la page couverte de l'écriture de Maeve. Lentement, j'ai glissé la lame en argent usée par le temps sur l'encre bleue, et sous celle-ci, des rais de lumière ont commencé à former des mots complètement différents. Il s'agissait d'une des entrées secrètes de Maeve.

---

1. N.d.T. : Hell's Kitchen est un quartier de Manhattan.

Je fixe cette montre en or du regard depuis des heures, comme s'il s'agissait d'un cadeau de la Déesse en personne. Je n'aurais jamais dû l'apporter de l'Irlande. Oh, c'est un objet magnifique, transmis d'un amant à l'autre depuis des temps immémoriaux. Si je pouvais projeter mes sens, je sais que je sentirais l'amour et le désir de générations en irradier. Mais Ciaran me l'a donnée. Si Angus la voyait, il en serait anéanti.

Ciaran me l'a donnée le soir où nous nous sommes promis l'un à l'autre. Il m'a dit que si je la plaçais sous la maison, son tic-tac maintiendrait le battement de nos cœurs constant et fidèle. Est-ce que le fait que je la garde reflète un espoir égoïste que Ciaran trouvera un moyen de revenir dans ma vie? Je ne dois même pas avoir ce genre de pensée. J'ai choisi de vivre ma vie avec Angus, et c'est tout ce qui importe.

Le mois prochain, Angus et moi allons quitter cette ville horrible pour emménager dans une nouvelle maison dans le nord-ouest. Je dois mettre fin à cette folie dégoûtante maintenant. Je suis incapable de détruire cette montre, mais je ne l'apporterai pas non plus avec moi. Angus et moi irons ailleurs. La montre restera ici.

Ciaran avait été le *mùirn beatha dàn* de Maeve, mais il lui avait menti, il l'avait trahie. Et puis, des années plus tard, bien après son rejet, il avait retrouvé Angus et elle à Meshomah Falls, où il les avait piégés dans une grange abandonnée à laquelle il avait mis feu. Elle était la pure incarnation de la bonté et lui, du mal. Comment avait-elle pu l'aimer ? C'était un mystère insondable. Pourtant… pourtant, j'avais aimé Cal, qui avait tenté de me tuer, avec la même arme employée par Ciaran pour tuer Maeve.

Je devais en savoir plus. Je devais comprendre, autant pour taire les questions que j'avais à mon sujet que pour apprendre à mieux connaître Maeve.

Lorsque nous avions planifié nous rendre à New York, j'avais réalisé que pendant notre séjour, je serais seulement à quelques stations de métro de l'endroit où Maeve et Angus avaient vécu. Si je pouvais trouver leur appartement, alors peut-être — peut-être — que j'y dénicherais la montre. Maeve avait écrit qu'elle la laissait derrière elle, après tout. Je savais que la probabilité était faible — près de vingt années étaient passées depuis, et si elle y avait réellement caché la montre, quelqu'un d'autre l'avait sûrement trouvée. Malgré tout, je ne pouvais abandonner cette idée. J'ignorais même pourquoi j'étais si obsédée par la montre. Était-ce une fascination morbide? J'avais besoin de la voir, de la tenir.

Bien entendu, je réalisais que tout ce que Ciaran avait touché était infecté, voire potentiellement dangereux. C'était la raison pour laquelle je n'avais fait mention de la montre ni à Hunter ni à quiconque. Hunter n'approuverait jamais une entreprise même légèrement risquée. Mais je devais essayer de la trouver.

J'ai rangé l'athamé et le Livre des ombres dans mon sac. À la maison, j'avais tenté de faire des présages dans le feu pour trouver l'ancienne adresse de Maeve à Manhattan. Tout ce que j'avais aperçu était l'intérieur d'un appartement miteux. Évidemment, la majorité des sorcières considéraient que le feu était le médium le plus difficile pour effectuer des présages, mais je ressentais un lien naturel avec celui-ci — un autre cadeau de Maeve. Mais ce que le feu m'avait révélé n'était qu'un cousin éloigné de ce que je demandais, une vision rapprochée, mais pas tout à fait exacte. Où est-ce que je me trompais ?

C'était doublement frustrant, car peu avant la fête de Yule, j'avais participé à une cérémonie appelée *tàth meànma brach* avec Alyce Fernbrake, la sorcière de sang qui administrait Magye pratique, une boutique occulte située à proximité de Widow's Vale. Un *tàth meànma* est comme un emmêlement wiccan des esprits durant lequel une sorcière pénètre dans l'esprit d'une autre.

Le *tàth meànma brach* pousse l'expérience plus loin : il s'agit du partage de tout ce qui se trouve en soi. Alyce m'a donné accès à ses souvenirs, ses amours, ses chagrins amoureux, ses années d'étude et ses connaissances. En retour, je lui ai donné accès aux souvenirs ancestraux qui circulaient en moi et provenaient de Maeve et de sa mère, Mackenna.

À l'issue du *tàth meànma brach*, j'ai acquis une connaissance plus profonde de la magye. Sans cette connaissance, je n'aurais eu aucune chance contre Selene. Cette connaissance m'avait centrée, m'avait liée à la terre avec une telle puissance que pendant près de deux jours par la suite, j'avais presque eu l'impression d'halluciner.

Depuis, je m'étais un peu habituée à l'infusion de connaissances reçue d'Alyce. Je n'en étais pas toujours consciente. C'était comme si on m'avait donné un classeur plein à ras bord de dossiers. Quand j'avais besoin d'une information précise, il me suffisait de consulter mes dossiers.

Bien entendu, les connaissances que contenaient ces dossiers étaient typiques d'Alyce. Par exemple, je possédais maintenant un sens merveilleux du travail avec les herbes et les plantes. Malheureusement, le présage ne faisait pas partie des forces d'Alyce. Cela signifiait que je devais faire appel à des techniques plus banales pour découvrir où Maeve et Angus avaient vécu.

Dans le bureau de M. Warren, j'ai trouvé l'annuaire téléphonique de Manhattan. J'ai cherché l'adresse du secrétariat aux annales local, puis j'ai consulté la carte du métro que M. Warren avait laissé à notre intention. Le secrétariat était situé près de la station City Hall. Le train numéro six m'y mènerait.

Je venais d'enfiler mon manteau et mon foulard et d'attraper une des clés supplémentaires de M. Warren lorsque la porte de l'appartement s'est ouverte pour laisser entrer Bree.

— Hé, a-t-elle dit.

— Hé, toi. Où est tout le monde ?

— Je les ai quittés dans une galerie d'art d'East Village. On y donne une sorte de prestation qui implique une pyramide de pierres, deux danseurs vêtus de papier d'aluminium et une boule géante de ficelle. Robbie était fasciné, a-t-elle dit en riant. Tu sors ?

J'ai hésité. Je ne voulais pas mentir à Bree, mais je ne voulais pas non plus lui faire part de ma quête pour trouver la montre de Maeve. Je craignais qu'elle tente de me convaincre d'y renoncer.

— J'allais faire quelques courses, ai-je vaguement dit. Et je me suis dit que nous aurions besoin de bougies pour le cercle de samedi soir. Tu es certaine que ça n'ennuie pas ton père que nous tenions un cercle dans son appartement?

— Il ne serait probablement pas ennuyé, mais il n'en saura jamais rien, m'a assurée Bree. Il fréquente une femme qui habite au Connecticut et il lui rendra visite ce week-end.

Elle a sorti son portefeuille pour compter son argent.

— Je vais faire des provisions. Si je connais bien mon père, son idée de bouffe à la maison est un morceau de fromage gourmet, un pot d'olives importées et un sac de café moulu.

La prédiction de Bree s'est avérée exacte à l'exception du fromage qui était inexistant.

— Pourquoi ne pas y aller ensemble? a-t-elle suggéré. Je connais toutes les bonnes boutiques dans le quartier.

— Bonne idée, ai-je dit.

J'ai réalisé que j'étais heureuse d'avoir la chance de passer du temps normal en compagnie de Bree, et ce, même si je devais reporter mon excursion au secrétariat des annales.

Bree et moi étions amies depuis l'enfance. Cette amitié, comme à peu près tout le reste, avait changé l'automne dernier quand Cal Blaire était surgi dans nos vies. Bree était tombée amoureuse de lui, Cal m'avait choisie, et nous avions eu une dispute terrible à la suite de laquelle nous avions cessé de nous parler. Pendant deux mois horribles, nous avions été des ennemies. Mais la nuit où Cal avait tenté de me tuer, Bree avait contribué à me sauver la vie.

Depuis, nous avions recommencé à bâtir notre amitié. Nous n'avions pas encore retrouvé l'aisance totale d'autrefois. D'un côté, elle était l'amie que je connaissais et appréciais le plus. De l'autre, j'avais découvert des facettes de Bree que je ne connaissais pas du tout.

En outre, j'étais différente maintenant. Depuis que j'avais appris être une sorcière de sang, j'étais passée par des expériences tant extraordinaires qu'horrifiantes. Autrefois, Bree et moi partagions tout. À présent, il existait une énorme partie de moi qu'elle ne pouvait pas comprendre.

Nous nous sommes dirigées vers Irving Place. Le vent était froid et vif. Je me suis accordée un moment pour m'habituer à circuler dans les rues où des immeubles massifs nous surplombaient et où les gens circulaient hâtivement. On aurait dit que New York bougeait à un rythme plus rapide et intense que le reste du monde. C'était à la fois intimidant et merveilleux.

— C'est plutôt cool, hein ? a lancé Bree.

— On se croirait à des années-lumière de Widow's Vale.

— C'est le cas, a dit Bree avec un grand sourire.

— Alors… tout va bien entre Robbie et toi ? ai-je demandé.

— Je suppose que oui, a-t-elle dit, son sourire s'effaçant.

Nous sommes entrées dans le supermarché. Bree a pris un panier avant de se diriger vers le comptoir de l'épicerie fine pour commander une salade de macaronis et de la poitrine de dinde tranchée.

— Tu supposes ? Vous sembliez plutôt en harmonie durant la route.

— Nous l'étions, a-t-elle dit avant de hausser les épaules. Mais ça ne veut rien dire.

— Pourquoi pas?

Elle m'a lancé un regard qui m'a donné l'impression d'avoir sept ans.

— Quoi? ai-je demandé. Qu'est-ce qui cloche avec Robbie?

— Rien. Nous nous entendons bien. Voilà le problème.

Nous nous sommes dirigées vers l'allée des croustilles et des boissons gazeuses pendant que je tentais de trouver le sens de ce que Bree venait de me dire. J'avais vu Bree mettre fin à une relation des douzaines de fois et pour toutes sortes de raisons. Un gars était trop imbu de lui-même, l'autre était trop contrôlant. L'un médisait de tout le monde, un autre ne pouvait parler de rien d'autre que le tennis. Un de ses petits amis embrassait tellement mal que la seule vue de ses lèvres déprimait Bree.

— OK, ai-je finalement dit. Peut-être suis-je bouchée, mais qu'est-ce qui cloche avec une relation où les deux personnes s'entendent super bien?

— C'est simple, a-t-elle dit. Si tu aimes quelqu'un, tu peux être blessée. Si tu ne l'aimes pas, tu ne peux pas avoir mal.

— Alors?

— Alors… Robbie souhaite que nous soyons amoureux. Mais je ne veux pas tomber amoureuse de Robbie. C'est trop risqué.

— Bree, c'est ridicule, ai-je dit.

Elle a pris une bouteille de Coke diète avant de se tourner vers moi avec une colère vacillant dans ses yeux.

— Vraiment? a-t-elle dit. Tu aimais Cal et regarde où ça l'a menée.

Je suis demeurée immobile, hébétée. Elle pouvait être si cruelle parfois. C'était une de ses facettes que j'avais seulement découverte au moment de notre brouille.

— Je suis désolée, a-t-elle rapidement dit. Je… je ne le pensais pas.

— Au contraire, ai-je dit en m'efforçant de garder une voix calme.

— OK, peut-être que je le pensais, a-t-elle admis.

Elle tenait le panier d'une main tremblante.

— Mais je veux aussi dire qu'en aimant quelqu'un, en lui ouvrant réellement ton cœur, c'est comme lui demander de le briser et de te le remettre en morceaux. Je veux dire, l'amour c'est bon pour vendre du parfum. Mais le vrai amour, Morgan ? Il ne fait que tout détruire.

— Tu le crois réellement ? ai-je demandé.

— Oui, a-t-elle dit d'un ton plat.

Elle s'est retournée pour parcourir l'allée.

— Bree, attends, ai-je crié en courant la rejoindre.

Je l'ai rejointe devant un présentoir de sacs de croustilles assorties. Elle les fixait en fronçant les sourcils, apparemment concentrée sur le choix de la saveur la plus désirable.

— Te sens-tu ainsi à cause de tes parents ? ai-je demandé de manière subtile et délicate.

Les parents de Bree s'étaient séparés alors qu'elle avait environ douze ans. La séparation avait été horrible — la mère de Bree s'était enfuie en Europe avec son instructeur de tennis. Bree en avait été démolie.

Elle a haussé les épaules.

— Mes parents ne sont qu'un exemple parmi tant d'autres, a-t-elle dit. Écoute, ce n'est pas la fin du monde. Je ne suis seulement pas attirée vers l'amour et tout le tralala pour l'instant, c'est tout. Je suis trop jeune. Je préfère m'amuser.

J'ai eu l'impression que le sujet était clos et j'ai senti un serrement au cœur en réalisant encore une fois à quel point nous nous étions éloignées.

J'ai poussé un soupir.

— Écoute, je dois me rendre quelque part. Je serai de retour dans deux heures.

Bree m'a regardée, et j'ai pu lire le regret sur son visage. Autrefois, elle m'aurait demandé où j'allais, et je l'aurais invitée à se joindre à moi.

— Je vais me procurer des bougies et du sel pour le cercle, a-t-elle dit. Tu es certaine de vouloir y aller seule?

— Ouais, ai-je dit. À plus tard.

3

Danse de sorcière

6 septembre 1977

Mon fils est né il y a dix jours, et je sais que je devrais être un papa heureux et fier. Le garçon est grand et en santé, mais Déesse, quel emmerdeur bruyant et indigent, et Grania est encore tellement grosse. Quand redeviendra-t-elle normale? Et quand m'accordera-t-elle un peu d'attention, pour faire changement?

Ce soir, après que Kyle a passé trois heures à s'époumoner («Le pauvre petit a la colique», a dit Grania, comme si ça rendait le tout supportable), je n'étais plus capable d'en prendre. Je suis sorti au pub pour m'offrir quelques pintes et une bonne bouderie. En route vers la maison, un vieux chat osseux a bondi devant moi, et je suis tombé sur les ordures laissées au chemin. Je n'y ai même pas réfléchi. J'ai marmonné un sortilège et j'ai foudroyé le damné chat. Je ne l'ai pas vu mourir, mais j'ai entendu son cri dans les ténèbres. À présent, je me sens idiot. Je devrais être assez sage pour ne pas décharger ma bile de façon aussi puérile.

— Neimhich

J'ai trouvé le chemin vers la ligne de métro de Lexington Avenue, je me suis procuré une carte de métro, j'ai vérifié mon itinéraire sur la carte affichée dans la station, et bientôt, j'ai filé vers le sud sous les rues de la ville. J'étais déjà montée à bord du métro quelques fois avec ma famille. Mary K., ma sœur, le détestait, mais j'aimais la vitesse, le rythme incessant. J'avais l'impression de déferler dans les veines de la ville, d'être propulsée par le battement de son cœur.

Je suis sortie du métro à la station City Hall. En demandant mon chemin à quelques passants, je suis arrivée au secrétariat des annales et suis montée aux bureaux du cinquième où se trouvaient les dossiers de location de propriétés de la ville.

L'air était chargé de l'odeur du vieux papier et de l'ammoniac qui devait servir à laver les planchers. Le mur près de la porte était bordé d'un banc en bois où une demi-douzaine de personnes étaient assises; certaines étaient occupées à lire alors que d'autres fixaient le vide d'un regard vitreux.

Je me suis dirigée vers le comptoir à l'avant de la pièce. Derrière se trouvaient des rangées de tablettes remplies de grands livres à la couverture noire. Une préposée était debout derrière un ordinateur posé sur le comptoir.

— Pardonnez-moi, ai-je commencé.

Elle a pointé vers une affiche indiquant «Prière de prendre un numéro». Alors, j'ai pris un numéro du distributeur avant de m'asseoir sur le banc près d'un homme portant une moustache épaisse.

— Vous attendez depuis longtemps ? ai-je demandé.

— J'ai attendu moins longtemps dans la file d'attente pour avoir mon permis de conduire, m'a-t-il dit.

J'ai présumé qu'il s'agissait d'une réponse affirmative, mais comme il n'y avait que sept personnes devant moi, je me suis dit que l'attente ne serait pas si longue. J'avais tort. Non seulement la préposée bougeait-elle atrocement au ralenti lorsqu'elle daignait aider quelqu'un, mais en plus, elle semblait prendre une pause plutôt longue entre chaque personne qu'elle aidait.

Pendant que les minutes passaient, je tapotais ma jambe des doigts en m'efforçant de ne pas laisser des images sombres pénétrer mon esprit : des images de Cal foudroyé par l'éclair de magye noire, de son corps étendu sur le sol de la bibliothèque de Selene. Depuis cette journée, ces images revenaient souvent me hanter dans les moments où je n'étais pas activement concentrée sur autre chose.

Je me suis distraite en récitant tout bas les propriétés de toutes les plantes guérisseuses que je connaissais. Ensuite est venu le tour de pierres et des minéraux. Puis, j'ai entrepris de compter les carreaux du plancher, les fissures du plafond, les éraflures sur les chaises en plastique. Si seulement j'avais pensé à apporter un livre.

Près de deux heures ont passé avant que mon numéro ne soit appelé.

— J'essaie de trouver l'adresse d'un appartement loué par Maeve Riordan et Angus Bramson en 1982, ai-je expliqué.

La préposée m'a regardée comme si je lui avais demandé de se faire pousser des ailes.

— C'est impossible, a-t-elle dit. Ce système ne permet pas de trouver les appartements d'après le nom des locataires. Si vous me donnez une adresse, je pourrais vous dire qui y a vécu.

— Tout ce que je sais est que l'appartement était situé quelque part dans Hell's Kitchen, ai-je dit.

Elle a tapoté le comptoir de ses ongles fuchsia.

— Alors, pas de chance, a-t-elle dit. Il y a des centaines d'appartements dans Hell's Kitchen. Je ne peux pas lancer une recherche dans tous les immeubles pour trouver les Bramson.

— En fait, c'est Bramson et Riordan, l'ai-je corrigée en tentant de ne pas perdre le peu de patience qu'il me restait. N'existe-t-il pas une recherche informatique rapide que vous puissiez faire ?

Elle a jeté un coup d'œil à son ordinateur.

— Le programme n'est pas conçu de cette façon.

J'ai jeté un regard furtif sur les rangées de grands livres derrière elle. Il y avait des dates sur les tranches.

— Pensez-vous que je pourrais jeter un œil aux livres de 1982 ?

— Pas sans la permission de ma superviseure, et elle est en vacances pour deux semaines.

La dame m'a adressé un regard malicieux.

— Pourquoi ne pas revenir en février ? a-t-elle suggéré.

— Je ne serai pas ici en février, ai-je protesté.

Elle a commencé à tapoter sur son clavier. Mon audience était terminée.

Je me suis tournée vers la porte. Puis, je me suis retournée vers elle. Si cette dame voulait se lancer dans un jeu de pouvoir, ai-je décidé avec colère, je serais heureuse de jouer aussi. Et je gagnerais la partie. J'ai hésité un bref instant, même si je savais que je m'apprêtais à faire quelque chose que je n'étais pas censée faire. Eh bien, les employés municipaux n'étaient pas censés être aussi peu serviables non plus, ai-je raisonné.

En léchant mes lèvres, j'ai jeté un regard à la ronde. La seule autre personne qui attendait toujours assise sur le banc était un homme âgé à l'aspect défraîchi qui piquait un somme. Il ne remarquerait rien.

J'ai fait appel à un sortilège très simple, l'un des premiers que Cal m'avait enseigné et que j'avais utilisé pour récupérer les outils de Maeve.

— Je suis invisible, ai-je murmuré. Vous ne me voyez pas. Je ne suis même pas une ombre.

Le sortilège ne me rendait pas exactement invisible. Il faisait seulement en sorte qu'on ne me remarque pas; il me rendait banale, futile. Quand je l'utilisais, l'attention des gens se concentrait sur autre chose que moi. J'ai bondi à quelques reprises pour voir si le sortilège avait fonctionné. Comme la préposée n'a eu aucune réaction, j'ai fait appel à mon sang-froid et je me suis dirigée derrière le comptoir. J'ai hésité en attrapant le premier volume de 1982. Même si le sortilège faisait en sorte qu'on ne me remarque pas, je n'étais pas certaine qu'il en irait de même pour le livre.

Je me suis concentrée en regardant l'ordinateur de la préposée. L'électricité était une forme d'énergie, et comme Hunter me l'avait démontré, l'énergie était plutôt facile à contrôler. J'ai projeté ma propre énergie et j'ai gardé ma concentration jusqu'à ce que je décèle les émanations de la carte mère. Puis, j'ai envoyé mon énergie vers elle pour pousser le courant à entreprendre une gamme de pointes irrégulières.

— Bon sang, qu'est-ce qui cloche avec cette machine ? a marmonné la dame.

J'ai rapidement feuilleté le livre de 1982 jusqu'aux adresses de West Forties, scrutant les colonnes d'écriture serrée. À la septième page, j'ai trouvé ce que je cherchais : Bramson. 788, 49e Rue Ouest, app. 3.

J'ai jeté un coup d'œil du côté de l'écran de l'ordinateur de la préposée. Des lignes y dansaient avec furie. J'ai replacé le livre sur la tablette en silence avant de me diriger vers la sortie.

La préposée a levé les yeux quand elle m'a entendue ouvrir la porte.

— Vous, a-t-elle dit d'un ton surpris. Je croyais que vous étiez déjà partie.

Je lui ai adressé un sourire.

— Vous m'avez beaucoup aidée, ai-je dit. Merci.

Je me suis dépêchée à sortir, amusée par son air vide et confus.

En attendant le métro qui me ramènerait à l'appartement, je me suis demandé si l'ordinateur de la préposée était revenu à la normale. Même s'il était endommagé de façon permanente, je n'avais aucun regret. OK, j'avais usé de magye sur une personne qui ne la soupçonnait pas — ce que je n'étais pas censée faire —, mais elle le méritait. D'ailleurs, je ne lui avais fait aucun mal.

Je savais, bien entendu, que si Hunter découvrait un jour ce que j'avais fait, il serait en colère. Mais il s'agissait d'une situation spéciale. Faire appel à la magye pour obtenir l'adresse de ma mère biologique me semblait être un usage justifié. Je n'avais causé aucun dommage réel et j'avais obtenu les résultats escomptés.

Je me sentais bien. Ma magye devenait de plus en plus forte, et j'en étais heureuse.

Ce soir-là, nous avons dîné dans un casse-croûte situé au bas de la 2e Avenue. Notre groupe de six s'était entassé sur une banquette en vinyle rouge. J'étais en sandwich entre Hunter et Robbie.

— Alors, que voulez-vous faire ce soir? a demandé Bree.

— J'ai toujours voulu traverser le pont de Brooklyn à pied, a répondu Robbie. Ce doit être magnifique la nuit avec toutes les lumières de Manhattan.

Bree a agité la main en signe de refus.

— C'est un excellent moyen de se faire attaquer. De plus, le temps est glacial.

— En fait, j'ai une piste que j'aimerais explorer, a dit Hunter. Il y a une boîte de nuit pas trop loin d'ici ; un sorte de repaire pour les sorcières, et on m'a dit que l'animateur détenait peut-être de l'information sur Amyranth. Aimeriez-vous sortir dans une boîte de nuit ?

Raven a fait un grand sourire à Sky.

— Je suis pour.

Sky a hoché la tête. Bree a répondu : « Bonne idée » et Robbie a dit : « Cool. »

Je semblais être la seule à avoir des sentiments mitigés à cette idée. D'une part, je mourais d'envie de sortir dans une boîte de nuit branchée de New York, surtout si c'était un endroit de choix pour d'autres sorcières. Mais d'autre part, j'étais terrifiée qu'on m'en refuse l'entrée ou que, si j'arrivais à y pénétrer, tout le monde devine que je venais d'un bled. Par ailleurs, j'avais toujours été trop gênée pour aimer danser.

— Je dois y mettre une condition, cependant, a poursuivi Hunter. Si nous nous rendons à cette boîte et qu'on vous demande d'où vous venez, répondez seulement du nord-ouest. Aussi, ne dites rien au sujet de Selene ou de Cal. Je ne veux pas que quiconque soit associé à ce qui leur est arrivé.

Raven a fait la moue.

— Es-tu obligé de nous forcer à la clandestinité?

J'ai vu Sky se raidir. Cependant, Hunter a tout simplement répondu :

— Nous ne prenons aucun risque quand il s'agit de la sécurité de chacun d'entre nous.

Sa voix était douce, mais ferme.

Raven a détourné le regard.

— Oublie ce que j'ai dit.

— Bien, a acquiescé Hunter avant de laisser tomber le sujet.

La boîte de nuit se trouvait dans East Village, immédiatement après l'Avenue C. Alors que nous étions en route, Hunter a glissé son bras sous le mien, et je me suis sentie absurdement heureuse. Quand nous sommes parvenus à l'Avenue C, il a hoché la tête en direction d'un gros immeuble industriel aux grandes fenêtres au verre opaque.

— Nous y sommes, a-t-il déclaré.

Un type costaud vêtu d'un jean noir et d'un blouson en cuir noir se tenait devant la corde qui bloquait la porte. Soudain, je suis redevenue nerveuse.

— Et s'ils ne nous laissaient pas entrer ? ai-je demandé.

— Ils vont nous laisser entrer, a dit Hunter avec l'assurance que les gens beaux sans effort possédaient.

J'ai réalisé que j'étais la seule dans notre groupe qui pourrait avoir de la difficulté à être admise. Bree était magnifique, Robbie aussi. Raven faisait certainement un effet avec ses choix vestimentaires. Pour ce qui était de Hunter et de Sky, en plus de leurs cheveux blonds et lumineux, de leurs traits fins et égaux et de leurs pommettes enviées de tous, ils possédaient un certain attrait cool et indéfinissable. Je ne suis pas exactement laide, mais je ne me démarque pas non plus. Mes cheveux — un des aspects de ma personne que j'aime — étaient ramassés dans une tresse négligée. De plus, j'avais choisi mes vêtements en fonction du froid et non d'une sortie dans une boîte.

Mais il était trop tard pour m'inquiéter à présent. Nous nous trouvions soudain devant la porte, et le videur a retiré la corde pour nous laisser entrer en hochant la tête à l'intention de Hunter.

J'ai ressenti une bouffée de triomphe. J'ai failli crier : « J'ai réussi. Je suis entrée ! »

Oh mon Dieu, ai-je pensé. Ce que je peux être ringarde.

— Je n'avais pas réalisé que tu étais du type à sortir en boîte, ai-je dit à Hunter.

— Ce n'est pas le cas non plus, m'a-t-il assuré avec un sourire alors que nous pénétrions dans la pièce énorme.

Près de la porte se trouvait un bar qui s'ouvrait sur une vaste piste de danse où deux animateurs faisaient jouer de la musique de style house. À l'autre bout de la pièce, je pouvais voir une aire où se trouvaient des sièges confortables. Hunter a pointé cette section du doigt.

— Le café sert du cappuccino et des pâtisseries. Tu veux quelque chose ?

J'ai secoué la tête.

— Pas tout de suite.

Nous avons laissé nos manteaux au vestiaire. J'ai jeté un regard sceptique à mes vêtements : pantalon brun en velours côtelé défraîchi, un des pulls en laine trop grands de mon père, des bottes de marche pour l'hiver. De toute évidence, je n'avais pas les idées claires lorsque j'avais fait mes bagages pour ce voyage.

— Je dois aller parler à quelqu'un, m'a dit Hunter à l'oreille. Ça t'ennuie si je te laisse seule pendant quelques minutes ?

— Non, bien sûr que non, ai-je dit même si ça m'ennuyait en réalité.

Je me sentais un peu plus mal dans ma peau et provinciale à chaque seconde qui passait.

Hunter s'est fondu dans la foule. Je me suis efforcée de ne pas être contrariée de voir Sky le suivre, sans poser de questions. Je suis restée debout là à tenter de paraître désinvolte, mais je me sentais comme un poisson hors de l'eau.

Je suis retournée vers la limite de la piste de danse. Afin de détourner mon attention de mes insécurités, j'ai ouvert mon esprit pour laisser mes sens explorer la salle.

L'atmosphère était épaisse et palpitante. Après un certain moment, j'ai réalisé que ce n'était pas uniquement en raison de la musique — la boîte vibrait de magye. Je n'avais jamais rien senti de tel. Il doit y avoir des dizaines de sorcières de sang ici, ai-je pensé. J'ai pu en repérer quelques-uns dans la foule, pas tellement en raison de leurs gestes, mais parce que le pouvoir émanait d'eux d'une façon quasi tangible.

La majorité des sorcières de sang que je connaissais freinaient leur pouvoir, ai-je soudain réalisé. Mais pas ces gens-là. Pas ce grand et mince Américain d'origine africaine à la tête rasée qui dansait sur une plateforme inférieure. Pas ce garçon maigre qui portait un habit vert trop grand. Pas cette dame blonde et soignée qui portait une robe lisse au décolleté plongeant, ni son partenaire de danse, un type grand, élancé et agile qui portait la barbe. J'ai froncé les sourcils. Wow. Un duel étrange et psychique semblait se tenir entre ces deux-là. Je pouvais pratiquement voir l'énergie crépiter entre eux. Une autre femme aux longs cheveux gris et aux bijoux d'ambre des plus extraordinaires dansait seule. Elle était entourée d'une aura d'un vert profond et vibrant — l'aura était si forte que je me suis demandé si même les gens qui n'étaient pas des sorcières de sang pouvaient l'apercevoir.

Cal a à nouveau surgi dans mon esprit, sans y avoir été invité. Il aurait aimé cet endroit, ai-je tristement pensé, toutes ces magnifiques sorcières utilisant leur magye si librement. Il se serait senti comme chez lui.

Robbie m'a rejointe en arborant un air légèrement hébété.

— Est-ce seulement mon impression ou l'air est chargé de quelque chose d'étrange ici ? a-t-il crié pour se faire entendre malgré les percussions et la basse.

Eh bien, j'avais la réponse à ma question.

— Ce n'est pas seulement toi, ai-je dit. C'est la magye. Bon nombre de ces gens sont des sorcières de sang.

— Je pense que je suis un peu hors de mon élément, a-t-il murmuré.

— Moi aussi, ai-je admis.

En apercevant son visage abattu, je lui ai demandé :

— Où est Bree ?

Robbie a dessiné un geste silencieux du côté du café. J'ai repéré Bree qui parlait à un homme grand et beau, aux cheveux de la couleur du cuivre. Pendant que nous la regardions, elle a tourné son attention vers un gars plus jeune, soit d'environ dix-sept ans, et en posant la main sur son bras, elle l'a convié à se joindre à leur conversation tout en lui adressant un sourire taquin.

Robbie a grogné.

— Dis-moi la vérité, Morgan. Suis-je masochiste ou ai-je tout simplement perdu la tête ? Je veux dire, pourquoi est-ce que je me donne cette peine ?

— Je sais que les choses s'annoncent mal, ai-je dit en m'efforçant de ne pas me mettre en colère contre Bree, mais je ne pense pas que cela veuille dire quoi que ce soit.

— Eh bien, c'est horrible, a dit Robbie. C'est…

Il a été interrompu par une fille dont la peau était saupoudrée de brillants et qui portait un débardeur doré et un short minuscule assorti.

— Tu veux danser ? a-t-elle demandé.

Robbie a difficilement avalé sa salive avant de hocher la tête et de se laisser guider vers la piste de danse.

Mes sens étaient grands ouverts à présent pour tenter d'enregistrer la vaste gamme de magye présente. Un type en particulier a capté mon regard. Il devait avoir dix-neuf ou vingt ans, son corps était musclé et ses cheveux brun foncé lui tombaient sur les épaules. Il se dirigeait vers Raven, qui se tenait près de moi, et il y avait une pointe d'insouciance et de confiance dans ses yeux. Il n'était pas ce qu'on pourrait qualifier de beau, mais il était très séduisant. Et je pouvais sentir son pouvoir, même en me tenant à des mètres de lui. Il était fort.

Puis, à ma surprise, il s'est immobilisé devant moi.

— Je te connais, non? a-t-il demandé en fronçant les sourcils.

Était-ce son entrée en matière pour me draguer? me suis-je demandé, légèrement paniquée. Ou me connaissait-il réellement? En y réfléchissant bien, il y avait quelque chose de vaguement familier chez lui…

— Hum, c'est la première fois que je viens ici, ai-je prudemment dit.

— Hummm. Alors, cesse d'avoir l'air aussi impressionnée, a-t-il dit en m'adressant un grand sourire. Les sorcières de New York pensent qu'elles sont tellement cool. Ce n'est pas sain de les encourager. D'ailleurs, a-t-il poursuivi en m'évaluant du regard, je suis persuadé que tu vaux plus que toute cette bande.

Avant que je puisse réfléchir à une réplique, il a continué son chemin vers Raven pour s'arrêter devant elle et lui dire :

— Te voilà, ma belle. Je t'attendais.

Raven lui a jeté un regard surpris. En lui adressant un sourire encore plus grand, il l'a tirée vers la piste de danse.

J'ai reconnu une présence familière derrière moi. Sky. Il n'y avait rien de négligé dans la personne qu'était Sky ou dans son pouvoir. Tout à son sujet était clair, précis et affiné, comme une flèche élégante.

— Alors, qu'est-ce que tu penses de cet endroit? a demandé Sky.

— C'est… intense.

Elle m'a regardée avant d'éclater de rire.

— Bonne description. Tu ne verras jamais autant de sorcières de sang réunies dans une même salle. Certaines d'entre elles sont extrêmement excentriques.

— Que veux-tu dire? ai-je demandé.

Sky en savait tellement sur ce monde dont je faisais partie depuis peu.

Elle a hoché la tête en direction d'une femme qui tournait sur elle-même en suivant le rythme, les bras levés vers le ciel.

— Elle, par exemple. Elle ne jettera que des sortilèges qui impliquent des solanacées. Et lui, a-t-elle fait en pointant vers un homme de petite taille et aux cheveux foncés près du bar, il a passé des années à vivre dans une caverne sur la côte de l'Écosse.

— Pourquoi?

— Pour s'enseigner à travailler avec la mer. Il a un don remarquable de présage avec l'eau. Et il a de grandes affinités avec l'océan et les créatures qui l'habitent.

— Sky, *ma chère*[2].

Une grande dame élégante vêtue d'une robe argentée s'est approchée et a embrassé Sky sur les joues avant d'avoir un bref échange en français avec elle.

Je les ai regardées avec une sorte d'admiration.

— C'était Mathilde, a dit Sky alors que la Française s'éloignait. Je suis désolée de ne pas t'avoir présentée, mais elle était pressée. Elle possède une serre incroyable sur le toit de sa maison. Elle contient toutes les herbes qu'une sorcière pourrait jamais désirer.

— Comment connais-tu tous ces gens? ai-je demandé.

---

2. N.D.T. : En français dans le texte original.

— J'en connais certains de l'Europe. Il y en a d'autres que j'ai rencontrés en venant ici avec Hunter, a-t-elle expliqué. Ici, c'est un bon endroit pour Hunter pour établir des liens.

J'ai jeté un regard à la ronde sans apercevoir les cheveux blonds de Hunter nulle part.

Sky a répondu à ma question en silence.

— Il est à l'étage : il parle avec certaines personnes pour essayer d'obtenir des pistes.

Un cri a ramené notre attention sur la piste de danse où une trouée s'était ouverte autour de Raven et de son partenaire. Ils effectuaient un type de danse qui impliquait beaucoup de tournoiements athlétiques et de shimmy.

J'ai regardé Sky à la dérobée. L'expression sur son visage était vide, neutre, mais ses yeux n'ont jamais quitté Raven et son partenaire. Comme s'il avait pris conscience de son regard, le type sauvage l'a regardée droit dans les yeux avant de rire.

J'ai ressenti une pointe de sympathie soudaine pour Sky.

— Ne les laisse pas te bouleverser.

Alors que les mots sortaient de ma bouche, j'ai été surprise de mon audace. Étais-je bien en train de consoler Sky ?

Mais elle s'est contentée de m'adresser un demi-sourire contrit.

— Je vais m'en remettre. Raven doit être qui elle est.

Elle a hoché la tête en direction de Robbie et de la magnifique fille qui dansait avec lui. Robbie semblait captivé d'avoir son attention.

— Il ne comprend toujours pas à quel point il est attirant, a dit Sky. Je me demande si Bree le réalise.

Bree se tenait toujours du côté du café, entourée de trois hommes, mais son regard était rivé à Robbie, qui se trouvait de l'autre côté de la pièce.

— Peut-être qu'elle commence à le réaliser, ai-je dit.

Hunter est arrivé derrière moi à ce moment, et j'ai senti un frisson parcourir mes terminaisons nerveuses quand il a légèrement posé ses mains sur mes hanches.

— Comment ça va ? a-t-il demandé.

— Je me sens un peu submergée, ai-je répondu en lui faisant face.

Il m'a adressé un sourire d'excuse.

— J'aurais dû te préparer à cet endroit.

— Non, ça va. Sky s'occupe de mon orientation. C'est… fascinant. Je ne m'y attendais pas, c'est tout.

— Eh bien, je te présente tes semblables, a-t-il dit avec ironie.

— As-tu parlé à l'animateur ? a voulu savoir Sky.

Hunter a hoché la tête.

— S'il est au courant de quoi que ce soit, il a choisi de ne pas en parler. Mais j'ai rencontré un type qui a déjà eu une liaison avec un membre d'Amyranth. Il a accepté de me parler, mais pas ici. Nous allons nous rencontrer ridiculement tôt demain à l'endroit le moins pratique et le plus loin d'ici auquel il a pu penser.

Il a adressé un grand sourire à Sky.

— Je suis désolé. Je sais que tu n'es pas très matinale, mais j'ai vraiment besoin que tu m'accompagnes. Il pourrait bien me faire du trouble.

Sky a hoché la tête.

— Bien. Promets-moi seulement que tu m'achèteras un café.

Ma personne rationnelle et mathématique me disait que j'étais ridicule — Hunter me tenait à l'écart pour mon propre bien —, mais je ne pouvais m'empêcher d'être agacée de le voir tenir pour acquis que Sky était la personne pour l'aider, qu'ils formaient une équipe alors que je n'étais qu'une novice empotée qu'il fallait garder hors de danger. Ce n'était pas juste, surtout pas à ce moment-là. C'était *mon* rêve qui avait tout mis en branle, après tout.

Une lumière noire s'est mise à briller au-dessus de nos têtes, transformant la chemise blanche de Hunter en pourpre néon et ses cheveux en une couleur lavande et soyeuse. Il a déposé un baiser léger sur mes lèvres.

— Je dois y aller, mais je serai de retour. Pourquoi ne danses-tu pas ?

— Oh, merci beaucoup, ai-je marmonné. Tu sais à quel point j'aime danser, surtout seule.

Mais il était déjà plus loin, occupé à murmurer une conférence rapide avec Sky, ce qui n'a en rien aidé mon humeur. Puis, il s'est dirigé vers la scène. Le grand homme d'origine africaine a pointé un doigt vers Hunter tout en arborant un sourire entendu avant de descendre de la scène pour lui parler. Je devais l'admettre, c'était impressionnant de voir à quel point Hunter était à l'aise avec un si grand nombre de personnes. Je savais que je n'arriverais pas à arracher des renseignements à des étrangers de cette façon.

Sky est revenue à mes côtés, et j'ai eu le sentiment que Hunter lui avait demandé de s'occuper de moi. Et mon agacement s'en est approfondi. Heureusement, j'ai été soulagée de la nécessité de tenir une conversation embarrassante avec Robbie, qui s'est pointé derrière nous, épuisé et en sueur.

— Wow, cette fille-là sait danser, a-t-il fait en agitant la main du côté de sa partenaire.

Il a cillé sous l'effet de la surprise quand une serveuse s'est approchée de lui avec un plateau rond sur lequel se trouvait une coupe de vin.

— Cette dame, a-t-elle fait en lui indiquant une grande femme aux longs cheveux d'ébène, revêtue uniquement de cuir, vous l'envoie avec ses compliments.

— Euh, dites-lui merci, d'accord ?

Robbie semblait troublé.

— Mais je ne bois pas.

— Je lui dirai, a répondu la serveuse à contrecœur, mais si tu ne veux pas l'offusquer — ce que je te recommande fortement —, ne lui renvoie pas le vin.

Robbie a adressé un faible sourire à la dame en cuir avant de prendre la coupe de vin.

J'ai émis un doux sifflement.

— Tu es le centre de l'attention ce soir.

J'ai regardé Bree à la dérobée pour découvrir avec plaisir qu'elle n'avait rien manqué de l'échange avec la dame en cuir. Elle avait même cessé de faire semblant de flirter avec les gars autour d'elle pour se tenir debout, l'air boudeur.

De son côté cependant, Robbie ne semblait pas heureux.

— C'est un peu bizarre. Deux sorcières m'ont invité à sortir ce soir.

— Tu as une dent contre nous? l'ai-je taquiné.

— Pas contre toi, a-t-il fait d'un ton sérieux. Mais si on ne compte pas le fait que je suis amoureux de Bree, je suis à la recherche d'une relation avec quelqu'un avec qui je suis sur un pied d'égalité, et non pas avec quelqu'un qui pourrait me jeter un sort sans que je ne le sache.

J'ai grimacé. Quand j'avais commencé à prendre connaissance de la Wicca, j'avais donné à Robbie une potion enchantée afin d'aider à guérir son acné, ce qui était un geste vraiment hors de contrôle. La potion avait rempli sa mission — en réalité, elle en avait fait davantage : elle avait même corrigé sa vision terriblement déficiente. Mais Robbie avait été fâché que je pratique ma magye sur lui sans le lui dire.

— C'est quoi, son problème? a soudain lancé Sky.

Ses yeux étaient rivés sur Raven et le type aux cheveux longs.

— Est-il complètement exhibitionniste ?

J'ai suivi son regard. Le type avait retiré sa chemise. Il était mince, mais il semblait solide et bien musclé.

Raven a jeté à Sky un regard amusé comme pour lui dire : « Incroyable, hein ? » Son partenaire de danse avait glissé les mains sur les fesses de Raven pour la tirer vers lui, puis des soleils de toutes les couleurs ont commencé à tomber autour d'eux comme une pluie pendant que Raven riait et essayait d'en attraper un dans une main. Le type a tracé une ligne dans les airs, et trois soleils sont tombés dans la main de Raven.

Je ne pouvais m'empêcher de retenir mon souffle. J'étais à demi consternée par son imprudence, à demi enchantée par sa magye astucieuse et belle.

— Oh wow, a marmonné Robbie. Qu'est-ce que c'est ?

— C'est tape-à-l'œil et irresponsable, voilà ce que c'est, a dit Sky d'un ton fâché.

Quel petit effronté. N'importe qui pourrait être en train de le regarder.

Raven et le type dansaient très près l'un de l'autre à présent, dans un frottement de bassins.

— Ça suffit, a dit Sky avant d'avancer d'un pas sûr dans leur direction.

Je l'ai vue saisir le bras de Raven avant de murmurer quelque parole à son oreille.

— Il vaudrait peut-être mieux que j'aille chercher Bree, a dit Robbie dans un soupir. Si elle n'est pas déjà partie au bras de quelqu'un d'autre.

— Elle ne ferait pas ça, lui ai-je dit.

— Tu crois ça?

Robbie s'est éloigné avec un sourire triste sur les lèvres. Cela me donnait envie de secouer Bree. Elle avait réellement de l'affection pour Robbie. Pourquoi ne pouvait-elle pas laisser les choses suivre leur cours?

Je me suis dirigée vers le café pour commander un Coke diète. Puis, j'ai survolé la salle des yeux à la recherche de Hunter. Introuvable. J'ai soupiré à mon tour en essayant de ne pas trop me sentir comme si je faisais partie de la tapisserie.

Une dame vêtue d'une courte robe noire s'est avancée d'un pas traînant dans ma direction.

— Ne sois pas si embarrassée, *chica*, a-t-elle dit.

C'était une belle femme, à la peau de la couleur du café et aux cheveux noirs qui encadraient son visage de boucles.

— Toute cette énergie que tu gaspilles à croire que tu n'es pas assez belle, pas assez bonne, c'est du gaspillage. Tu dois prendre toute l'énergie guérisseuse en toi pour créer un baume pour ton cœur, non? La vie est trop courte pour être aussi dure envers toi-même.

Je suis demeurée immobile à cligner des yeux d'un air stupide. Son regard pénétrait mes yeux, mon âme, et je me suis sentie mise à nue, vulnérable.

— Euh… pardonnez-moi, ai-je fait. Je dois y aller.

J'ai refermé mes sens avant de filer vers une porte marquée de l'enseigne «Sortie». Je ne planifiais pas aller très loin. J'avais

seulement besoin de sortir de là, de m'éloigner de toute cette magye pendant quelques minutes.

Je croyais que la porte s'ouvrirait sur la
rue, mais je me suis plutôt retrouvée dans
une petite cour où on avait planté de jeunes
chênes. Je n'étais pas seule : un homme aux
cheveux foncés, coupés courts et striés de
gris se tenait dans la cour, les yeux rivés au
grand carré de ciel nocturne visible de là.
Même si j'avais bloqué mes sens, je pouvais
sentir une bouffée d'énergie — une énergie
profonde et vitale et non du type fracturé
et trépidant qui faisait la loi dans la boîte
de nuit. Je n'étais pas certaine si elle émanait de l'homme ou de l'énorme Lune
orange.

Je me suis assise sur un banc en bordure de la cour pour admirer la Lune et me
demander ce qu'il y voyait. À mesure que
je la regardais, j'ai senti que mon impression d'être à bout de nerfs se calmait. La
Lune était si éternelle, si familière dans ce
lieu où tout le reste me paraissait si étrange.
J'ai respiré profondément, et la paix s'est
calmement installée dans mon corps.

— La Lune est notre ancre, a dit l'homme sans me regarder.

Ordinairement, j'aurais sursauté en entendant ces paroles bizarres de la bouche d'un étranger, mais à ce moment-là, j'ai eu pour seule pensée le mot « oui ». Je n'avais pas besoin de répondre à voix haute, et il ne semblait pas s'attendre à ce que je le fasse.

J'ai fixé mon regard sur la Lune pour qu'elle devienne mon point d'ancrage.

4

Prestige

15 juillet 1981

J'écris ces mots à bord d'un trans-bordeur traversant la mer irlandaise. Je fais partie d'une délégation de Liathach en route vers l'ouest de l'Irlande, vers le village où je suis né, Ballynigel. Nous nous y rendons à titre de membres du clan pour rendre visite à l'assemblée de Belwicket. Je ne me rappelle aucunement d'eux. Je suis très curieux de rencontrer une assemblée Woodbane ayant renoncé au mal il y a plus de cent ans. La magye blanche, la magye noire, les Woodbane n'ont jamais craint ni l'une ni l'autre. Je n'arrive pas à comprendre comment Belwicket a pu laisser tomber la moitié de nos pouvoirs anciens et essentiels. Mais voilà ce que nous allons observer. Et nous verrons s'il y a quoi que ce soit au sein de Ballynigel qui soit assez fort pour nous résister. Nous ne devons risquer aucune opposition — nous ne risquerons aucune opposition. Si nous la trouvons... nous avons entendu parler de la vague sombre.

Mère se tient à la proue avec Greer, probablement occupée à faire des ragots au sujet des enfants. Les deux grands-mamans sont folles de la petite Iona, et elle est tellement douce, même si elle cause autant de problèmes que son frère, Kyle. Je considère l'invitation de Greer à cette mission comme un bon signe. Elle m'admet enfin au cercle privilégié des meneurs de Liathach.

Bien entendu, Grania ne voulait pas me laisser partir.

— Tu ne peux pas me laisser m'occuper seule de deux bambins, n'arrêtait-elle pas de me répéter.

Mais je le peux, et c'est ce que j'ai fait. Je porte toujours le rêve en moi et je me languis de revoir Ballynigel.

— Neimhich

J'ai observé la Lune hivernale. Je sentais mon pouvoir courir en moi sans être contaminé par des questions à savoir si j'en avais fait mauvais usage ou si je méritais le sacrifice de la vie de Cal. On aurait dit que mon monde s'était silencieusement et subtilement glissé vers un équilibre parfait. À quelques mètres de moi, l'homme aux cheveux foncés se tenait en silence. Il ne m'avait pas regardée une seule fois, mais je sentais un lien étrange entre nous, aussi fort et assuré que s'il m'avait lancé une corde.

« Où es-tu ? » Le message de sorcière de Hunter m'a presque fait bondir. Je me suis levée à contrecœur. L'homme a hoché la tête, comme s'il prenait bonne note de mon départ, mais il est demeuré silencieux. Je suis retournée à l'intérieur de la boîte de nuit en ayant le sentiment d'avoir reçu un cadeau étrange mais charmant.

J'ai trouvé mes amis réunis près d'un sofa en cuir en forme de demi-cercle situé du côté du bar. La sorcière tapageuse avec qui Raven avait dansé était assise près d'elle à une extrémité du sofa.

Sky a levé les yeux à mon approche.

— Morgan, je te présente Killian, a-t-elle dit d'une voix parfaitement neutre qui m'amenait à me demander quel bout j'avais manqué.

Killian m'a adressé un grand sourire, m'a tendu la main et m'a dit :

— Enchanté.

Hunter m'a fait une place à ses côtés. Les yeux foncés de Killian ont papilloté de Hunter à moi, et je me suis demandé s'il pouvait sentir que le seul fait de m'asseoir près de Hunter donnait un souffle de vie additionnel à mon corps.

Bree observait Killian avec une expression calculée.

— Alors, tu es Britannique, toi aussi ? a-t-elle demandé.

— Ouais, nous sommes partout à New York, comme une satanée peste, a-t-il admis d'une voix joyeuse.

Son accent différait de celui de Hunter et de Sky. J'ai été heureuse d'entendre Robbie lui en parler.

— De quelle région viens-tu ?

— Oh, j'ai bien visité tous les coins du misérable Royaume-Uni. Je suis né en Écosse, j'ai été à l'école à Londres, j'ai passé du temps en Irlande, des étés au pays de Galles et à Shetland. Et dans tous ces endroits, il pleut beaucoup trop. J'en suis encore humide.

Il m'a tendu son bras.

— Tu peux voir la mousse ?

Je n'ai pu m'empêcher de rire, je l'aimais bien. Il revêtait résolument un attrait. Ses traits n'étaient pas parfaits, comme ceux de Cal, et il ne possédait pas la structure classique aux os bien ciselés de Hunter, mais il était énergique. Il possédait une caractéristique sauvage, presque animale. Je me suis demandé à quel clan il appartenait. Mais je savais que je ne pouvais pas le lui demander. Entre sorcières, il s'agissait d'une question très intrusive.

Killian s'est levé.

— Je vais me commander une bière. Quelqu'un en veut ?

— Tu as vingt et un ans ? ai-je demandé, surprise.

Il ne semblait pas plus vieux que le reste de notre bande.

— J'ai presque vingt ans, a-t-il admis avec un grand sourire, mais je vieillis bien.

Pendant qu'il parlait, il a dessiné un signe dans les airs, et les aspérités de son visage sont devenues plus douces et pleines. Des lignes sont apparues sur son front, et un pli s'est approfondi entre ses sourcils. N'importe qui aurait pu croire qu'il s'approchait de la trentaine.

— Maintenant… quelqu'un veut une bière, du vin, un scotch ?

— J'aimerais une bière, moi aussi, a dit Raven d'un air épris.

— Un Sprite serait apprécié, a dit Robbie.

— Sprite, ça marche, a dit Killian avec grâce même si je pouvais sentir une pointe de moquerie.

— Il est bon, a dit Bree alors que Killian s'aventurait vers le bar occupé.

— Ce n'est qu'un prestige, a dit Sky avec dédain. Une illusion optique.

Bree a tourné son regard vers moi.

— Que penses-tu de lui ?

J'ai haussé les épaules, incertaine de ma réponse. D'un côté, je ne pouvais m'empêcher de l'apprécier pour son irrévérence joyeuse et parce qu'il semblait avoir beaucoup de plaisir à être Killian, tout simplement. Mais il y avait quelque chose en lui qui m'alarmait ; quelque chose de dangereux dans son esprit cru et animal. Et il y avait aussi le fait que lorsqu'il avait jeté son prestige, j'avais ressenti de l'envie pure. Je savais que j'avais le pouvoir de faire un tel usage de la magyc, mais mon manque d'expérience me retenait. Alyce ignorait comment jeter des prestiges, donc je l'ignorais aussi.

Hunter m'a jeté un drôle de regard.

— Qu'est-ce qui t'ennuie ?

— Je ne sais pas.

J'ai remué sur mon siège, embêtée d'être aussi compétitive. Une bonne wiccane se contenterait de prendre plaisir à voir le pouvoir de Killian.

— Je ne suis pas certaine de lui faire confiance, a pensivement dit Hunter.

Ses yeux ont suivi Killian pendant qu'il réussissait à se faire servir deux bières et la boisson gazeuse de Robbie.

Raven a allumé une cigarette et a soufflé la fumée par ses narines dans notre direction.

— Quel est votre problème collectif ? a-t-elle demandé. Qu'est-ce que ça change que Killian illustre sa magye ? Cela veut seulement dire qu'il est différent.

— C'est une façon de le qualifier, a dit Sky d'une voix aigre.

Killian est revenu à ce moment-là, son prestige estompé, pour donner à Robbie et à Raven leurs boissons.

— Tu resteras en ville combien de temps ? a-t-il demandé à Raven.

Raven s'apprêtait à répondre quand Hunter l'a interrompu en lui lançant un regard d'avertissement.

— Euh, je n'en suis pas certaine, a-t-elle dit.

— Alors, vais-je te revoir ? a-t-il persisté.

— Peut-être, a-t-elle répondu.

Elle a lancé un regard à la dérobée du côté de Sky comme si elle voulait lui demander quelle était la limite à ne pas franchir avant d'ajouter :

— Pourquoi ne me donnes-tu pas ton numéro ?

Il a brièvement écarquillé les yeux pour lui lancer un regard.

— Me croirais-tu si je te disais que je loge chez des amis dont le numéro m'échappe ? Pourquoi ne me donnes-tu pas ton numéro ?

Il s'agissait d'un mensonge transparent, et je me suis demandé pourquoi il l'avait débité puisqu'il ne faisait aucun effort réel pour paraître convaincant. Je sentais la colère silencieuse de Sky bouillir. Raven devait la sentir elle aussi, car elle a haussé les épaules avant d'avaler sa bière à grandes lampées et de se lever.

— Moi aussi, a-t-elle fait. Je n'arrive pas à m'en souvenir. Je suppose que je te verrai si les circonstances s'y prêtent.

Killian a avancé la main pour la tirer vers lui. Puis, il l'a rapidement embrassée, à mi-chemin entre un baiser amical et un baiser à connotation plus sexuelle.

J'ai jeté un regard alarmé à Sky. Son visage était impassible, mais ses narines étaient gonflées.

— Raven, nous partons maintenant, a dit Hunter d'une voix forte.

Raven a regardé Killian et a haussé les épaules.

— Je dois y aller.

Killian a levé ses sourcils foncés.

— Vraiment?

— Oui, vraiment, a dit Hunter.

Nous avons récupéré nos manteaux avant de quitter la boîte de nuit et de gagner la rue glaciale.

Nous nous sommes mis en route vers l'appartement. Sky et Raven ouvraient la marche en maintenant une distance de glace entre elles, et entre elles et nous. Robbie a balancé un bras autour des épaules de Bree, et ils ont marché ainsi, silencieux et compatibles. Malgré les hauts et les bas de la soirée, celle-ci semblait s'être terminée sur une bonne note pour eux.

Hunter était silencieux, lui aussi, et il marchait assez lentement pour creuser une distance entre Robbie et Bree et nous après un ou deux pâtés.

— Tu réfléchis au boulot, ai-je deviné.

Il a hoché la tête d'un air distrait.

Comment pouvait-il se concentrer si intensément sur une notion aussi nébuleuse et informe? Je ne le pouvais pas — encore moins quand je me trouvais à ses côtés. J'ai ressenti une bouffée familière d'insécurité. M'aimait-il? Il ne me l'avait jamais dit.

Bien sûr que oui, me suis-je dit. Il ne le démontre simplement pas de façon aussi évidente que Cal.

J'ai ressenti une soudaine vague de tristesse et j'ai resserré mon manteau contre moi. Au-dessus de nous, des étoiles blanches brillaient contre un ciel noir et dégagé. La Lune n'était plus là, disparue quelque part derrière les immeubles de Manhattan.

— Tu as froid? a demandé Hunter en me tirant contre lui.

— Je ne pense pas vouloir retourner dans cette boîte de nuit, ai-je dit. La quantité de magye qui y flottait était presque trop grande.

— C'était intense, c'est vrai. Mais c'est une bonne chose de s'exposer à beaucoup de magye provenant de nombreuses sources. En plus d'améliorer tes connaissances générales, cela t'aidera à reconnaître et à gérer la magye noire. Ce qui est particulièrement important dans ton cas, comme tu le sais.

J'ai senti ma poitrine se serrer. Nous avions déjà échangé sur ce sujet plus d'une fois — à propos du fait que Selene faisait partie d'un complot plus vaste, que sa mort ne signifiait pas que j'étais à l'abri des autres membres de son assemblée ou d'autres factions. Je me sentirai menacée toute ma vie, ai-je sombrement pensé.

Hunter m'a immobilisée sous un réverbère. Celui-ci projetait des ombres dures sur les arêtes de son visage et donnait l'impression que ses pommettes étaient aussi affûtées que la lame d'un rasoir.

— Ne t'inquiète pas, a-t-il gentiment dit. Je suis là pour te protéger. Et tu ne te protèges pas trop mal aussi. Par ailleurs, si

Amyranth connaît ton existence, ses membres sauront que tu figures dans le point de mire du Conseil en ce moment.

J'ai pensé à Killian.

— Peut-être que je devrais apprendre l'art du déguisement magyque.

— Ce n'est qu'une infime partie de la magye.

Hunter a froncé les sourcils.

— Pourquoi souhaites-tu autant jeter des prestiges, de toute façon ? Je pouvais le lire dans tes yeux ce soir. Ils se sont écarquillés d'envie quand tu as vu Killian faire sa petite astuce de salon.

— Ce n'est pas seulement de l'envie, ai-je dit en pensant à voix haute. C'est le fait de savoir que j'ai le pouvoir d'être comme ces autres sorcières, mais que je ne sais pas comment user de cette magye. C'est un peu comme si on m'avait remis la clé d'un palais fabuleux et que je pouvais apercevoir toutes ses chambres magnifiques éclairées de l'extérieur, mais sans savoir comment insérer la clé dans la serrure.

— C'est si difficile ? a-t-il demandé. Tu ne pratiques la magye que depuis deux mois et demi. L'apprentissage approprié de la magye est le travail d'une vie.

Oh Déesse, j'en avais tellement marre d'entendre ça ! J'ai recommencé à marcher.

Hunter a avancé son bras vers le mien pour me tirer vers lui.

— Morgan. Tu sais que je souhaite que tu puisses insérer cette clé dans la serrure, n'est-ce pas ? Je n'essaie pas de te tenir hors du palais. Je veux que tu maîtrises complètement ton pouvoir, que tu sois capable d'utiliser chaque parcelle de magye en toi.

Ses doigts ont effleuré mon visage, et j'ai senti mon corps se rapprocher du sien.

— Je ne veux tout simplement pas qu'il arrive quoi que ce soit de mal durant cette démarche, ni à toi ni à quelqu'un d'autre.

— Je sais.

J'ai soufflé pendant qu'il penchait la tête vers la mienne. Puis, il m'a prise dans ses bras et nos lèvres se sont rencontrées, puis j'ai senti toute la tension accumulée durant la soirée s'évaporer. Je me suis ouverte à Hunter, et on aurait dit qu'une rivière de lumière saphir jaillissait en moi, comme s'il me nettoyait avec sa magye et son amour. J'ai senti mon cœur s'ouvrir et mon pouvoir se mouvoir pour couler dans mon corps et se mêler au sien. J'ai eu l'impression que ce point sur le trottoir de Manhattan était devenu le centre de l'Univers et de la nuit, et que les étoiles émanaient de nous. À ce moment-là, en ce lieu, je n'avais aucun doute, aucune insécurité.

L'amour, ai-je pensé. La magye ultime.

Hunter et moi avons été les derniers à regagner l'appartement. À l'intérieur, nous avons trouvé Robbie dans la cuisine, occupé à vider le contenu d'un sac de maïs soufflé dans un bol, Bree à sortir des draps et des couvertures de la lingerie, et Sky et Raven debout, chacune d'un côté du salon. M. Warren n'était pas en vue.

Robbie a consulté sa montre pendant que j'accrochais mon manteau.

— Où étiez-vous ? a-t-il demandé d'un ton rappelant celui d'un parent désapprobateur.

— Nous… nous sommes un peu perdus, a dit Hunter en m'adressant un sourire rapide et secret qui a donné une teinte plus rosée à mes joues.

Raven a pris une poignée de maïs soufflé.

— Alors, où dormons-nous ? a-t-elle demandé.

Personne n'a répondu. Sky a regardé par la fenêtre, Robbie s'est concentré sur le maïs soufflé et Bree a murmuré quelques mots à propos de taies d'oreiller avant de regagner la lingerie.

Les yeux verts de Hunter se sont arrêtés sur moi, et je me suis surprise à détourner le regard, gênée encore une fois sans savoir pourquoi. Était-il possible que nous allions finalement partager le même lit ? Même si c'était le cas, j'étais plutôt convaincue que personne ne batifolerait : l'appartement était trop exigu. J'en étais secrètement soulagée. Je n'étais pas tout à fait prête pour ça. Mais mon cœur cognait fort à l'idée de dormir pendant qu'une certaine partie de mon corps touchait Hunter. Je me languissais de passer quelques heures paisibles avec lui sans la confusion que peut apporter la conscience. Je me languissais de m'éveiller dans ses bras.

Je me suis demandé ce que Bree et Robbie souhaitaient faire. Ils semblaient s'entendre pour le moment, mais je devais tenir compte de ce que Bree m'avait dit au marché.

Bree, les bras chargés de draps, s'est raclé la gorge.

— Eh bien, le divan du salon contient un lit double. Le lit de la chambre d'invités est un lit gigogne, il y a donc un autre matelas en-dessous, et il y a un divan dans le bureau.

Elle nous a adressé un sourire un peu trop éclatant qui prouvait qu'elle était aussi nerveuse que moi.

Raven a émis un grognement d'impatience.

— Décidons-nous à la fin. Comment voulez-vous partager les lits ?

Encore une fois, personne n'a répondu. Finalement, Hunter a pris la parole.

— Selon moi, comme M. Warren a eu la gentillesse de nous accueillir ici, notre décision ne doit pas le fâcher.

Les yeux de Bree se sont attardés sur Robbie et reflétaient un mélange de désir et de regret.

— Je ne pense pas que mon père le remarquerait si nous faisions des chambres mixtes, a-t-elle admis, mais ce n'est probablement pas une bonne idée de le vérifier. Il serait préférable de séparer les gars et les filles.

J'ai fait de mon mieux pour ne pas paraître déçue et je me suis dit que Bree et Hunter avaient raison.

— Robbie et moi pouvons nous installer dans le bureau, a proposé Hunter.

Robbie s'est dirigé vers la pile de sacs de voyage dans le salon pour ramasser son sac et un petit sac fourre-tout vert.

— C'est un matelas gonflable, a-t-il expliqué.

— Morgan et moi pouvons nous installer dans la chambre d'invités, a dit Bree. C'est là où je dors quand je viens ici normalement.

— Ça marche, ai-je dit, à la fois surprise et heureuse que Bree m'ait choisie pour partager sa chambre.

— Cela signifie que Sky et moi aurons le salon, a dit Raven.

— Je pense que je vais aller faire une promenade. Ne m'attends pas, a dit Sky.

Raven lui a jeté un regard incrédule.

— Oh, allons! Je n'arrive pas à croire que tu es encore fâchée. Je flirtais avec lui. C'était inoffensif.

— Pas à mes yeux, a dit Sky d'une voix serrée.

Raven a grimacé.

— Oh, doux Jésus.

— Écoutez, nous pouvons revoir l'arrangement, a dit Hunter d'une voix fatiguée. Robbie et moi pouvons partager le divan-lit dans le salon. Sky peut s'installer dans le bureau.

— Et qu'est-ce que ça me laisse? a demandé Raven, une main posée sur la hanche.

Bree a saisi le matelas gonflable des mains de Robbie.

— Tu peux dormir dans la chambre d'invités avec Morgan et moi, a-t-elle dit. Ce sera complètement confortable, vraiment.

— Brillant, a dit Hunter. Tout le monde est content.

Je ne crois pas que quiconque le croyait, mais nous nous sommes tout de même dirigés vers nos quartiers désignés.

Bree, Raven et moi avons passé les quinze minutes qui ont suivi à gonfler le matelas et à faire les trois lits. Je ressentais une déception fracassante. Comment mon escapade romantique avec Hunter s'était-elle transformée en une nuit avec les copines?

Bree a pris un peignoir accroché derrière la porte et a annoncé qu'elle allait prendre une douche, me laissant seule dans la chambre d'invités avec Raven. J'ai sorti ma robe de nuit de mon sac. Il s'agissait d'une robe en coton blanc toute simple dont le collet était en ligne droite et aux bretelles minces faites de rubans. En fait, elle appartenait à Mary K., qui me l'avait prêtée. Je ne possédais même pas une robe de nuit.

— Tu veux porter cette robe de nuit, m'avait assurée Mary K. Fais-moi confiance, Hunter va l'adorer.

Hunter ne la verra même pas, ai-je pensé, maussade.

Raven avait revêtu un t-shirt noir trop grand dont le collet et les manches étaient coupés. Elle était assise sur le matelas gonflable, occupée à examiner ses ongles d'orteils peints de vernis noir.

— Sky peut être salope et froide parfois, a-t-elle marmonné.

— Peut-être, ai-je acquiescé, mais je pense qu'elle a trouvé ça difficile de te voir flirter avec Killian.

Raven a soufflé un grognement.

— Elle sait que ça ne veut rien dire.

— Alors pourquoi a-t-elle paniqué?

— Je ne sais pas, a dit Raven d'un ton agacé.

Je me suis demandé si je voulais pousser cette conversation plus loin. Bien que nous appartenions à la même assemblée, Raven et moi n'avions jamais été ce qu'on pourrait appeler des amies. Elle était en dernière année et elle fréquentait des gens pas mal durs à cuire à mon goût. L'idée même de moi, qui n'avais embrassé que deux garçons, donnant des conseils

d'ordre romantique à Raven Meltzer ressemblait à une farce.

J'étais occupée à brosser mes cheveux
quand Raven m'a dit :

— Alors, dis-moi : quelle est ta théorie ?
À propos de Sky, je veux dire.

OK, je vivais sans aucun doute une
étrange soirée. J'ai soigneusement choisi
mes mots.

— Tu es importante pour Sky et tu lui
fais du chagrin. Je pense que sa froideur est
sa manière de réagir quand elle est blessée.
Si j'étais toi, je lui donnerais une deuxième
chance, ai-je dit.

Puis, avant que la situation ne prenne
des allures encore plus étranges, j'ai pris
ma brosse à dents pour me diriger vers la
salle de bain.

Robbie se tenait déjà en ligne à prêter
l'oreille au bruit de la douche.

— Bree est toujours sous la douche,
m'a signalé Robbie en roulant des yeux en
direction de la porte. Je pense qu'elle lave
chaque mèche de cheveux individuellement.

— C'est bon. Je vais patienter.

Une idée audacieuse est venue soudain à mon esprit.

— Robbie… que penserais-tu de l'idée de changer de place avec moi un peu plus tard ce soir ?

Robbie a haussé les sourcils.

— Morganita, quelle fine mouche !

— Pas durant toute la nuit. Peut-être pour une heure ou deux.

— Je ne sais pas, a dit Robbie. Cela veut dire que tu gagnes une heure avec Hunter pendant que je passe la même heure avec Bree et Raven.

— Nous attendrons qu'il soit 1 h, ai-je dit. Tout le monde devrait dormir. Tu peux te glisser près de Bree. Raven ne le saura jamais.

Robbie m'a adressé un regard peu convaincu.

— Et si Raven se réveillait ?

— Tu n'as qu'à lui expliquer que tu es somnambule et que tu t'es trouvé dans la mauvaise chambre.

— Oh, comme si c'était crédible.

— Oh, allons, Robbie. Je t'en prie.

— Chut, a-t-il murmuré. OK. J'accepte.

J'ai eu un pincement au cœur quand j'ai vu Hunter avancer vers nous en tenant une brosse à dents à la main. Il portait un t-shirt noir à manches longues et un pantalon de jogging gris qui semblaient mettre en évidence sa grandeur et sa sveltesse.

J'ai senti ses yeux rivés sur moi, prenant note de la robe de nuit blanche et de mes cheveux brossés qui retombaient sur mes épaules, et j'ai su que Mary K. avait eu raison. J'avais conscience de ses sens qui portaient vers moi, son désir, son envie de me serrer contre lui.

Robbie a dû sentir l'électricité entre nous.

— Je vais attendre dans la cuisine, a-t-il dit. Mais si Bree sort de la salle de bain un jour, je suis le premier en file.

Ni Hunter ni moi n'avons prononcé une parole jusqu'au départ de Robbie. Puis, Hunter s'est rapproché.

— Tu es belle, a-t-il dit d'une voix rauque.

— Merci. Hum… toi aussi, ai-je dit avec mon éloquence habituelle.

De façon ridicule, mes mains trem-
blaient un peu, et j'ai croisé les bras afin
qu'il ne le remarque pas. J'ai débattu l'idée
de lui dire ou non ce que Robbie et moi
avions planifié, mais avant que j'aie le
courage de le lui dire, il a parlé avec
précipitation.

— Crois-tu qu'il serait possible de te
persuader de changer de place avec Robbie
pour quelques instants ce soir ? a-t-il
demandé.

J'ai décelé l'anxiété dans sa voix, sa
crainte que je dise non, et je l'aimais
tellement.

— Je le lui ai déjà demandé, ai-je dit
pendant que mon cœur cognait.

Hunter a soufflé avant de me faire un
grand sourire. Des lumières émeraude
dansaient dans ses yeux.

— Les grands esprits se rencontrent,
a-t-il fait, puis il s'est penché pour
m'embrasser.

C'est à ce moment que la porte de la
salle de bain s'est ouverte et qu'une nuée de
vapeur en est sortie.

— Oups, a dit Bree.

Hunter et moi nous sommes séparés.

— Robbie, ai-je crié, reconnaissante à la buée de camoufler mes joues rouges. La salle de bain est libre.

Une heure plus tard, nous étions tous au lit. J'étais trop excitée pour même songer à dormir. Je projetais mes sens périodiquement pour identifier les caractéristiques des occupants de l'appartement. Bree dormait, et il en allait de même pour Raven et Sky. Hunter et Robbie étaient complètement éveillés.

Enfin, 1 h est venue. En bougeant silencieusement afin de ne pas réveiller Bree et Raven, je suis sortie de la chambre d'invités. Dans le salon, la flamme d'une seule bougie vacillait. Hunter et Robbie étaient assis chacun à une extrémité du divan en attendant mon arrivée.

— Bree, a murmuré Robbie. Est-elle…

— Endormie, ai-je répondu. Fais attention à ne pas la faire sursauter. Aucun signe de M. Warren?

Hunter a secoué la tête.

— Pas encore.

J'étais vivement consciente de la présence de Hunter à quelques mètres de moi. Mon cœur s'est emballé, et cette anticipation étrange — un mélange de plaisir nappé d'un mince filet d'incertitude — s'est mise à vrombir en moi. J'ai attendu que Robbie soit parti avant de m'asseoir près de Hunter.

— J'ai craint que tu ne viennes pas, a-t-il dit avant de poser une main sur la mienne. Je pensais que tu t'étais peut-être endormie.

— C'est presque arrivé, l'ai-je taquiné.

— Vraiment? a-t-il demandé.

— Non, ai-je admis en me sentant soudain vulnérable et incertaine.

J'ai réalisé encore une fois que Hunter ne m'avait jamais dit qu'il m'aimait même si je le lui avais dit. Était-ce seulement parce qu'il était un garçon, qu'il avait de la difficulté à trouver les mots? Ou était-ce parce qu'il ne partageait pas le sentiment? Hunter était presque trop honnête, et je savais qu'il se souciait de moi. Mais peut-être qu'il ne ressentait pas de l'amour, et voilà pourquoi il n'avait jamais prononcé les mots. Peut-être que Bree avait raison au sujet de l'amour. Peut-être que Hunter allait me briser le cœur et me le remettre en petits morceaux.

Peut-être que je ne devrais pas me trouver dans cette pièce en ce moment, ai-je pensé en ressentant une pointe de panique. Il était peut-être préférable que je regagne mon lit, que je ne m'approche pas d'une émotion que je ne pouvais pas gérer.

Puis, Hunter a retourné ma main et a entrepris de caresser l'intérieur de mon bras. Son toucher provoquait des frissons de plaisir en moi.

— Tu étais comme une vision, tu sais, a-t-il dit d'une voix basse et douce. Quand tu te tenais là, dans le couloir, vêtue d'une robe de nuit innocente, les cheveux brillants, tenant une brosse à dents à la main, aussi incroyable que ça puisse paraître. J'aurais voulu m'enfuir avec toi.

— Vraiment ? ai-je murmuré. Pour aller où ?

— Je ne sais pas. Je n'ai pas poursuivi ma pensée plus loin.

Il a repoussé une mèche de cheveux de mon visage.

— Tu sais, je n'ai jamais hésité à devenir un investigateur. Cela me semblait nécessaire, prédestiné. Mais dernièrement…

Sa voix s'est estompée sur une note de désir.

— Dernièrement, quoi ?

— J'aimerais qu'il existe un moyen d'en prendre congé. J'aimerais pouvoir m'esquiver avec toi pour un certain temps.

Mon cœur battait comme un tambour. Je me débattais désespérément pour garder les pieds sur terre, dans la réalité.

— Mes parents ne seraient probablement pas très chauds à cette idée, ai-je dit.

— Oui. Les parents, a-t-il dit. Ils n'approuveraient probablement pas ceci non plus.

Il s'est penché vers l'avant pour embrasser le côté de mon cou.

Des frissons m'ont parcourue. L'énergie qui circulait entre nous était si forte, bonne et bien. Je ne voulais pas m'en éloigner. Plus maintenant. J'ai gentiment levé sa tête afin d'appuyer ma bouche contre la sienne. Il m'a encerclée de ses bras.

D'abord, nos baisers étaient doux, inquisiteurs, comme si nous apprenions à nous connaître. Les mains de Hunter ont glissé contre ma robe de nuit pour caresser ma taille, mes côtes. Chaque centimètre de mon corps était allumé par le désir. Chaque parcelle de moi coulait vers Hunter. J'ai glissé ma main sous son t-shirt et j'ai senti la peau douce qui recouvrait les muscles durs de sa poitrine. Il m'a gentiment poussée sur le dos afin que nous nous couchions sur le lit. Il s'est relevé un moment, et j'ai vu son visage à la lumière projetée par la fenêtre ; son visage toujours aussi concentré. Mais cette fois-ci, il était complètement concentré sur moi. Ses lèvres se sont appuyées contre les miennes dans un baiser plus fort, plus urgent.

Puis, sans crier gare, Hunter a mis fin à notre baiser.

— Qu'y a-t-il ? ai-je demandé, le souffle court.

— Tu ne le sens pas ?

Et puis, je l'ai senti. C'était M. Warren qui avançait dans le hall.

— Ce n'est pas vrai! ai-je grogné. Ce n'est pas juste.

— Et pourtant...

D'un bras, Hunter m'a serrée contre lui. Il a effleuré mon visage de son autre main avant de m'embrasser doucement.

— Nous ferions mieux d'arrêter pour ce soir.

— Non! Nous ne pouvons pas jeter un sort pour lui faire croire qu'il a échappé ses clés et le forcer à retourner au garage ou...

Hunter m'a donné une petite tape.

— Tu es plus sage que ça. Allons. Va avertir Bree et Robbie.

Je me suis levée en grognant. Je pouvais entendre les pas de M. Warren dans le couloir.

— OK.

Je me suis penchée pour donner un dernier baiser à Hunter.

— À suivre, ai-je promis.

5

Cadeaux
du mage

16 juillet 1981

Nous sommes à Ballynigel depuis moins de vingt-quatre heures, et tout a changé. Je sais à présent pourquoi je ne cessais de rêver de cet endroit, pourquoi j'étais entraîné ici comme si un fil invisible liait ce lieu à mon cœur.

J'ai vu Maeve Riordan pour la première fois hier. Elle ne faisait pas partie du groupe qui a accueilli notre bateau. Elle était affairée à cueillir de la mousse pour préparer un cataplasme et n'est revenue au village que durant notre réunion avec les anciens de Belwicket. Nous

nous trouvions dans la maison de Mackenna, leur grande prêtresse, où nous avons commencé à poser les questions dont les réponses détermineraient le destin de Belwicket, ce que ses pauvres membres ignoraient. Et la fille de Mackenna entre, une fille de dix-neuf ans à la robe tachée de boue, portant un panier débordant de mousse dégoulinante.

J'ai eu une sensation des plus étranges, comme si j'avais attendu vingt-deux ans pour la voir. On aurait dit que ma vie avait été légèrement irréelle jusqu'à cet instant. Elle paraissait gracieuse — une créature lumineuse — et à la fois tout à fait familière, comme si je l'avais connue et aimée toute ma vie.

Tout en Maeve m'enchante. La lueur qui danse dans ses yeux, le rythme de sa parole, le son de son rire, la grâce de ses mains et, bien entendu, la magye qui brille autour d'elle. Elle possède une vaste quantité de pouvoir pur — autant que Selene, je crois. Selene était un tout autre cas, cependant. Elle affine son pouvoir depuis des années : elle a étudié, elle s'est sacrifiée, elle est même passée par la Grande épreuve. Dans le cas de Maeve, il s'agit simplement d'un droit acquis à la naissance. Elle le tient pour acquis, elle ne réalise pas encore tout le pouvoir qui circule en elle.

Bien sûr, je ne dois pas oublier le fait que Belwicket a renoncé aux rites traditionnels des Woodbane. Pourtant, je suis persuadé que nous surmonterons cet obstacle. Elle ressent pour moi la même chose que je ressens pour elle : je le vois dans ses yeux. Je vais guider Maeve pour qu'elle réalise son vrai pouvoir. Je vais la convaincre que mon approche est la bonne.

Ainsi, voilà ce à quoi ressemble le vrai amour, l'amour qui dure toujours. Lorsqu'on ressent cet amour, il n'y a aucune question, aucun doute. Je le sais à présent. Et je sais que la robe sur la corde à linge... ne peut être que la sienne.

— Neimhich

Vendredi matin, j'ai été réveillée par des bruits inconnus filtrés par la porte de la chambre d'invités : M. Warren occupé à préparer du café tout en ayant une vive conversation téléphonique au sujet de dépositions.

Sur le matelas à côté du mien, Bree s'est étirée et a ouvert les yeux.

— Tu as bien dormi ? a-t-elle demandé avec un sourire somnolent.

J'ai rougi.

— Ouais. Et toi ?

Elle a haussé les épaules.

— Bien, a-t-elle fait d'une voix neutre.

Les yeux de Raven se sont ouverts, auréolés de mascara noir qu'elle n'avait pas retiré la veille.

— Quelle heure est-il ? a-t-elle demandé.

— Un peu plus de 9 h 30, a répondu Bree. Nous devrions nous lever. Je veux me rendre chez Diva ce matin. Une boutique dans SoHo. Vous devriez vous joindre à moi : il y a de beaux vêtements à très bas prix.

Je sentais que Hunter et Sky ne se trouvaient pas dans l'appartement ; ils étaient probablement partis tôt pour rejoindre la personne mystérieuse que Hunter avait rencontrée la veille.

— Euh... OK, ai-je acquiescé.

Peut-être que je pourrais y trouver une tenue légèrement plus appropriée pour la ville.

Raven a secoué la tête.

— Je vais passer mon tour. Ce n'est pas mon genre d'endroit, a-t-elle dit.

— OK.

Bree s'est levée, a saisi son peignoir accroché avant de se diriger vers la cuisine.

Raven s'est frotté les tempes,

— Je me sens horrible. J'ai besoin d'une douche, a-t-elle fait avant de marcher à pas feutrés vers la salle de bain.

Je me suis habillée en pensant à Hunter et à quel point je m'étais sentie bien avec lui la nuit dernière et combien j'aurais aimé que ce moment dure plus longtemps.

J'ai rapidement tressé mes cheveux, puis j'ai jeté un coup d'œil dans le miroir de la penderie. Vêtue d'un col roulé noir et d'un jean, j'étais présentable. Je me suis dirigée vers le salon, où j'ai trouvé Robbie occupé à ranger le lit dans le sofa. Il portait un jean et une chemise à carreaux en flanelle, et ses cheveux étaient toujours échevelés après la nuit.

— Bonjour, a dit Robbie. Hunter t'a laissé une note.

Il a tiré un morceau de papier plié de sa poche pour me le remettre.

Morgan,
Je serai de retour à l'appartement
à 10 h 30.

Hunter

Bien entendu, la première chose que j'ai remarquée était qu'il avait terminé sa note par « Hunter », et non pas par « Affectueusement, Hunter » ou même « Bises, Hunter ». Non, seulement « Hunter ». Très romantique.

M. Warren est sorti en trombe de l'appartement, serviette à la main, et Bree est entrée dans le salon.

— Qu'est-ce qui se passe ?

Je lui ai montré la note de Hunter et elle a fait une grimace.

— Je voulais me rendre au café en bas pour déjeuner, mais je suppose que nous devrons attendre.

Alors, nous avons attendu. Raven a émergé de la chambre d'invités vêtue d'un autre ensemble noir moulant. Elle semblait un peu agacée d'apprendre que Sky était toujours sortie. Bree et Robbie ne se parlaient pas, ai-je remarqué, et Robbie faisait de son mieux pour prétendre que la situation ne le dérangeait pas. Il est sorti en annonçant de façon trop désinvolte qu'il souhaitait explorer un peu la ville par lui-même. Mais d'abord, nous nous sommes entendus pour nous rencontrer à une charcuterie dans l'Upper West Side pour déjeuner à 14 h.

Et 10 h 30 a passé. À 11 h, Hunter et Sky n'étaient toujours pas de retour, et Bree et moi nous mourrions de sortir pour aller manger et faire quelque chose d'autre que de rester assises dans l'appartement. Et je commençais à m'inquiéter.

Finalement, j'ai envoyé un message de sorcière à Hunter. Mais dix minutes plus tard, il n'avait toujours pas répondu. Mon pouls a légèrement accéléré. Est-ce qu'il lui était arrivé quelque chose?

— Eh bien? a demandé Raven.

— Rien, ai-je dit en tentant de maintenir une voix calme malgré tout.

— Ce garçon doit vraiment faire son entrée dans le XXIe siècle et s'acheter un cellulaire, a dit Bree.

J'ai envoyé un autre message de sorcière à Hunter, plus empathique, afin de déterminer s'il allait bien.

Un moment plus tard, j'ai reçu un message de Sky : «Nous allons bien.» Rien d'autre. Hunter n'a pas pris la peine de répondre. Encore une fois, impossible pour moi de réprimer une pointe de frustration. Peut-être que j'étais irrationnelle, mais j'avais vraiment l'impression d'être repoussée.

— Je viens de recevoir un message de Sky, ai-je dit aux autres. Ils vont bien. Mais je n'ai pas l'impression qu'ils seront de retour de sitôt.

— Alors, allons faire les boutiques, a dit Bree.

Raven a bâillé.

— Je retourne au lit, a-t-elle annoncé. Je ne suis pas matinale.

Une demi-heure et deux pâtisseries plus tard, Bree et moi nous trouvions sur les marches en fer forgé de Diva sur West Broadway. J'avais déjà visité Diva une fois par le passé, mais même une personne habitant Widow's Vale qui n'avait jamais fait un tour à New York connaissait l'existence de Diva. C'était une Mecque pour les jeunes sans le sou.

Bree a ouvert la marche dans l'énorme boutique à l'aspect d'un entrepôt. De la musique rap tonnait des haut-parleurs. Il y avait des piles de t-shirts de toutes les couleurs de l'arc-en-ciel, des pantalons rouges, bleus et rose comme la fleur du même nom ; des pulls molletonnés olive, jaune fluorescent et bleu poudre.

Bree s'est mise à fouiller dans les présentoirs de vêtements vintage pour trouver un t-shirt à manches longues noir aux boutons gris perle pour homme.

— Je devrais peut-être l'acheter pour Robbie, a-t-elle dit d'un air songeur.

Au contraire du reste d'entre nous, Brce avait beaucoup d'argent de poche à sa disposition.

Je n'ai pu m'empêcher d'y aller d'un commentaire.

— Bree, est-ce que tu aimes ce gars, oui ou non ?

Elle m'a regardée d'un air interloqué.

— Je te l'ai déjà dit : je suis complètement folle de lui.

— Alors, je t'en prie : cesse de le traiter comme de la merde ! ai-je dit. C'est douloureux à voir.

Bree a replacé le t-shirt sur le présentoir pour passer calmement vers un présentoir chargé de vêtements dernier cri.

— Si tu veux tout savoir, a-t-elle dit, c'est Robbie qui devrait mieux me traiter.

— Quoi ?

Je l'ai fixée du regard.

— À la boîte de nuit hier soir, a-t-elle fait, il a dansé et flirté avec toutes ces femmes.

— Trois en tout, et ce sont elles qui l'ont abordé, ai-je argumenté.

— Ne les blâme pas. Il incombe à Robbie de dire non, a dit Bree. S'il voulait réellement être avec moi, pourquoi les a-t-il encouragées ?

— Peut-être parce qu'il n'obtenait aucun encouragement de ta part ? ai-je suggéré. Allons, Bree. Tu avais ton propre petit entourage au café. Quel genre de message as-tu cru envoyer ? Par ailleurs, tu sais que Robbie ne se soucie d'aucune de ces femmes. Robbie n'est intéressé par personne d'autre que toi. Ne peux-tu pas le voir ?

Bree tenait une robe cocktail noire et moulante à la main.

— Je sais que Robbie fait des efforts, a-t-elle reconnu. Et moi aussi.

Elle a froncé les sourcils avant de replacer la robe pour se déplacer vers un présentoir de pantalons.

— C'est comme ça que ça marche, une relation.

— Parce que tu la diriges dans cette voie.

Bree a poussé un soupir.

— Je ne veux pas en parler en ce moment. Je m'en vais au vestiaire. Veux-tu essayer quelque chose ?

— Je t'y rejoindrai, ai-je dit.

De toute évidence, cela mettait fin à notre conversation.

J'ai rapidement attrapé deux t-shirts au col en V de même que quelques débardeurs. Le débardeur était mon premier choix de sous-vêtements. Comme ma poitrine n'était pas assez généreuse pour en remplir les bonnets, j'avais abandonné les soutiens-gorge.

Il y avait une file d'attente au vestiaire alors j'ai crié le nom de Bree pour la trouver. Elle m'a répondu de partager sa salle.

J'y ai trouvé Bree revêtue d'un haut extensible de la couleur du bronze et d'un pantalon de tricot noir seyant. Elle était magnifique.

— Tu crois que Robbie aimera cet ensemble ? a-t-elle demandé.

J'ai grogné en me laissant tomber sur le sol du minuscule cubicule. J'ai décidé de faire un autre essai.

— Écoute, je sais que Robbie t'aime. Et il est évident qu'il importe à tes yeux. Pourquoi ne peux-tu pas lui faire confiance et arrêter de miner tout ce qui est bon? Pourquoi ne pas te permettre de l'aimer et d'être heureuse?

Bree a roulé des yeux.

— Parce que, a-t-elle dit avec une certitude absolue, dans la vraie vie, les choses ne marchent pas comme ça, Morgan.

Non? me suis-je demandé. J'ai repensé à la mère de Bree qui avait quitté son père et elle. Là était probablement la racine de ses idées tordues au sujet de l'amour.

Ou Bree savait-elle quelque chose que j'ignorais moi-même?

Vingt minutes plus tard, Bree et moi avons quitté Diva en transportant chacune un sac d'emplettes rose fluorescent. Bree avait acheté l'ensemble pantalon noir et haut bronze, un sac à main gris bleuté et un t-shirt noir pour Robbie. Je m'étais procurée un t-shirt bleu cobalt et un débardeur lilas, ce qui avait pas mal liquidé mon budget pour les vêtements.

— Quel est notre prochain arrêt? ai-je demandé, égayée par notre thérapie dans les boutiques.

Bree a semblé pensive.

— Il y a une boutique de chaussures fabuleuse à un coin de rue et il y a aussi une boutique spécialisée dans les bijoux africains. Il y a également une boutique d'aromathérapie sur Wooster, a-t-elle ajouté.

— Allons voir cette boutique.

Nous n'avions pas parcouru un pâté que mes sens de sorcière ont commencé à me secouer légèrement.

— Bree, pouvons-nous aller de ce côté? ai-je demandé en pointant vers Broome Street.

Elle a haussé les épaules de façon aimable.

— Pourquoi pas?

J'ai suivi mes sens à la manière d'une araignée suivant son propre fils soyeux et me suis retrouvée dans une ruelle qui donnait sur Broome Street. Suspendue au-dessus d'une porte d'entrée étroite au bout de la ruelle flottait une bannière blanche sur laquelle était peinte une roue verte. Un pentagramme pourpre était dessiné au centre de la roue verte.

— La roue de l'année, a dit Bree. Le diagramme qui illustre les huit sabbats wiccans.

Le toucher de la magye était plus fort à chaque pas que nous faisions. Quand nous avons atteint la boutique, une affiche sur la porte en fer forgé noir m'a fait sourire. Cadeaux du mage : spécialisé dans les livres de magye et dans l'occulte. Et sous cette annonce, en lettres plus petites. Bienvenue, amis.

Une cloche en laiton a sonné quand j'ai poussé la porte et je suis entrée dans la boutique fraîche, faiblement éclairée et au plafond élevé. Je n'ai pas aperçu le type de fournitures stockées chez Magye pratique, mais le mur derrière le comptoir était tapissé d'armoires contenant des bouteilles d'huiles essentielles qui paraissaient vraiment anciennes. Un balcon profond faisait le tour de la pièce à mi-mur sur lequel on avait placé d'autres bibliothèques de même que des fauteuils miteux dans les alcôves.

Bree s'est dirigé vers des tablettes en acajou où étaient empilés des jeux de cartes de tarot.

— Oh, ils ont une reproduction du magnifique jeu italien que j'ai vu à la Bibliothèque Pierpont Morgan, a-t-elle dit.

Mes sens de sorcière continuaient de picoter. Cette boutique renfermait-elle quelque chose que j'étais destinée à trouver? J'ai levé les yeux vers l'escalier de métal noir qui menait au balcon.

— Alyce m'a recommandé un livre sur les présages, ai-je dit à Bree, mais elle ne l'avait pas en stock. Peut-être puis-je le trouver ici?

Comme elle était déjà absorbée par les cartes de tarot, Bree a marmonné un «OK».

Après avoir consulté le répertoire de la boutique, j'ai gravi les marches jusqu'au balcon pour commencer ma recherche dans la section sur la divination. L'odeur du vieux cuir chatouillait mon nez. J'avais presque l'impression que des siècles de sortilèges me murmuraient à l'oreille. *Trouve-moi, invoque-moi. Je suis à toi. Je suis conçu pour ton pouvoir.* J'ai dépassé des sec-

tions marquées « Oracles », « Émanations »,
« Amulettes et talismans ». Je me sentais
bien au milieu de ces livres qui contenaient
un si grand nombre de connaissances.

J'ai tourné au bout de l'allée pour
tomber face à face avec une grande section
marquée du titre « Divination ». Au-delà,
au bout de l'allée suivante, un homme était
assis sur un fauteuil placé près d'un quelconque arbre empoté. Je me suis immobilisée, confuse par le sentiment de familiarité
qui me balayait.

Puis, j'ai réalisé qu'il s'agissait du même
homme qui s'était trouvé dans la cour
derrière la boîte de nuit, la veille. Il lisait un
livre et paraissait décontracté, comme s'il
se trouvait dans son salon. Il portait une
veste de tweed sur une chemise blanche et
un jean délavé. Ses cheveux poivre et sel en
brosse adoucissaient les traits teigneux de
son visage mûr.

Il a levé les yeux, qui étaient d'un brun
profond, et m'a fait un signe de tête
courtois.

— Nous nous retrouvons, a-t-il dit.

— Travaillez-vous ici ? ai-je lâché.

— Non.

Il a paru surpris de cette idée.

— Je donne un cours sur les mythes et les folklores à l'Université Columbia. Cet endroit est l'une de mes sources de renseignements les plus plaisantes.

Il avait un léger accent que je n'avais pas remarqué auparavant. Peut-être irlandais ou écossais — je n'en étais pas certaine. Il a placé un signet dans son livre puis l'a refermé.

— Était-ce votre première visite à la boîte de nuit hier soir ? a-t-il demandé.

— Oui.

Parfois, mon sens brillant de la conversation était vraiment époustouflant. Pourquoi suis-je aussi muette de timidité devant cet homme ? me suis-je demandé. Ce n'était certainement pas en raison d'un béguin. Il devait être aussi âgé que mon père. Et pourtant, je ressentais une affinité avec lui, un côté familier, une attirance.

Il m'a observée avec curiosité.

— Qu'en avez-vous pensé ?

J'ai songé à la belle illusion que Killian avait créée pour Raven.

— C'était un peu intense, mais cool à la fois, ai-je dit. Je n'avais jamais vu des sorcières utiliser leur magye par pur plaisir.

— Personnellement, c'est ce que je préfère au sujet de la magye : le fait de l'utiliser pour créer de la beauté et du plaisir au milieu des épreuves que la vie nous force à subir.

Il a fait un signe en direction de l'arbre empoté, et j'ai observé ses feuilles se faner, se flétrir et tomber. Dans le terreau, une pousse verte a grandi. On aurait dit que je regardais un film en accéléré. Aucune plante naturelle ne pourrait pousser aussi vite, mais dans l'espace d'une minute, un lilas a grandi contre le tronc de l'arbre mort et des fleurs pâles se sont épanouies pour embaumer l'air de leur douce fragrance.

C'était d'une beauté incroyable. Mais c'était aussi quelque peu troublant. Cela défiait toutes les lois de la nature. Qu'adviendrait-il du lilas ? Le lilas était une plante d'extérieur ayant besoin du gel de l'hiver. Elle ne pourrait survivre dans un pot à l'intérieur d'une boutique. Et je ne pouvais réprimer une désolation pour l'arbre en santé qui était mort pour le plaisir d'une sorcière.

Et que penserait Hunter de tout ceci ? me suis-je demandé. À ses yeux, il s'agirait d'un acte irresponsable, sans compter un usage indiscret de la magye. Un geste qui serait critiqué par le Conseil.

— Le monde peut toujours contenir un peu plus de beauté, vous ne croyez pas ? a dit l'homme comme s'il pouvait lire mes doutes. Ajouter de la beauté au monde n'est jamais un geste irresponsable.

Je ne savais pas quoi lui répondre. Je me suis sentie soudain très, très jeune et ignorante.

Il a paru détecter mon inconfort.

— Alors, vous êtes ici à la recherche d'un livre ?

— Oui.

J'ai ressenti un soulagement énorme à me souvenir que j'avais une raison concrète de me trouver là.

— Je recherche un livre sur les présages par Devin Dhualach.

— Voilà un bon nom, a dit l'homme. Devin signifie barde, alors espérons qu'il puisse bien écrire. Et Dhualach est un nom irlandais ancien qui nous provient des druides. S'il suit la tradition de ses ancêtres, il est fort probable qu'il ait quelque chose d'utile à dire sur les présages.

— Je... je vais consulter les tablettes sous la section divination, ai-je dit en me sentant soudain gênée et nerveuse.

— Bonne idée.

L'homme a souri avant de reprendre sa lecture.

J'ai trouvé le livre de Dhualach et je me suis assise en tailleur sur le sol pour le consulter. Il contenait des chapitres sur les présages dans l'eau, le feu, les miroirs et les luegs, les pierres et cristaux utiles aux présages. Il renfermait même un chapitre macabre sur le lancement des os, dont les vertèbres de serpents, qui étaient particulièrement recommandées. Il n'y avait aucun passage cependant — du moins, à ce que je

pouvais voir par ma consultation rapide —
sur le contrôle des visions, sur la manière
de les affiner pour voir exactement ce qu'on
souhaitait voir.

L'homme de la cour a levé les yeux.

— Vous ne trouvez pas exactement ce
que vous cherchez? a-t-il demandé.

J'ai hésité, bien consciente que je devais
faire preuve de prudence. Pourtant, je
n'avais pas l'impression qu'il se montrait
indiscret. On aurait dit qu'il reconnaissait
en moi une sorcière de sang et qu'il pouvait sentir mes pouvoirs. Ce n'était pas la
première fois que cela m'arrivait. David
Redstone avait reconnu la sorcière en moi à
notre première rencontre, avant même que
je le sache moi-même.

J'ai remarqué qu'il posait sur moi un
regard étrange, comme s'il venait tout juste
de se souvenir de quelque chose, mais hési-
tait à le mentionner. Puis, il a dit :

— Vous faites des présages dans le feu.

Ce n'était pas une question, mais une
affirmation.

J'ai hoché la tête, et ma nervosité a
diminué. On aurait dit que je venais de

franchir une porte vers une pièce où nous nous reconnaissions à titre de pairs. Entre sorcières. Ma force et la sienne. D'un intermédiaire du pouvoir à un autre.

— Le feu me montre des choses, mais j'ai souvent l'impression que les visions sont aléatoires. J'ignore comment l'amener à me montrer ce que *je* veux voir, ai-je admis.

— Le feu a sa propre volonté, a-t-il dit. Le feu est vorace, il combat le contrôle, il est toujours à la recherche de son plaisir personnel. L'apprivoiser est le travail d'une vie, et c'est une question de l'amadouer pour qu'il te révèle ce que tu souhaites voir. Je pourrais te le montrer, mais, a-t-il fait avant de jeter un regard à la ronde et de sourire, une librairie n'est pas exactement le bon endroit où jouer avec le feu.

— Aucun souci, ai-je dit en m'efforçant de ne pas paraître trop déçue.

Les rides autour de ses yeux se sont froncées.

— Peut-être puis-je te l'expliquer à l'aide d'un autre véhicule. Le principe est le même.

Il a plongé la main dans une pochette intérieure de sa veste pour en extirper un morceau de cristal clair et poli, taillé de la forme d'un croissant de lune. Le cristal n'était pas très gros, d'une largeur peut-être de sept centimètres, mais sa surface était à facettes et gravée de runes et de symboles magyques.

Il m'a tendu le cristal, que j'ai pris dans ma main droite. Il était étonnamment léger, comme s'il appartenait à une gravité légèrement modifiée.

— Je présume que vous savez que vous devez demander au véhicule de vous donner une vision et que vous devez être précise. Si vous souhaitez voir votre chaton demain, précisez demain.

Je me suis demandé comment il savait que j'avais un chaton. Par ailleurs, ce n'était pas rare qu'une sorcière possède un chat.

— Dans l'œil de votre esprit, imaginez cet animal ou cette personne et envoyez son image dans la pierre en lui demandant de l'accepter.

Sa voix était si douce, presque hypnotique.

— Le secret est d'utiliser votre pouvoir pour sentir l'énergie du cristal — ou du feu — et projeter sa lumière dans l'avenir, à la recherche de ce que vous voulez savoir. C'est tout.

— Cela semble si simple quand vous en parlez, ai-je dit.

— Il en va de même pour presque toute chose, une fois qu'elle vous est familière. Pourquoi ne pas vous exercer avec le cristal d'abord?

En lisant le doute dans mes yeux, il a ajouté :

— Gardez le cristal, si vous le désirez. Je dois me rendre au rez-de-chaussée pour consulter quelques livres pour mon syllabus. Vous n'aurez qu'à laisser le cristal près du fauteuil quand vous en aurez terminé.

Je suis demeurée assise à débattre cette idée pendant qu'il se dirigeait vers le rez-de-chaussée. Je ne voulais rien essayer de compliqué dans la boutique, mais peut-être pourrais-je faire un essai simple? Je m'inquiétais au sujet de Mary K. depuis l'horrible nuit où Selene l'avait kidnappée pour m'appâter. Elle semblait avoir tout oublié de sa présence dans la maison de Selene — en réalité, elle paraissait avoir cru l'histoire fabriquée à l'intention de mes parents, c'est-à-dire qu'elle s'était rendue au cinéma seule parce qu'elle était déprimée. Cependant, dernièrement, elle avait commencé à faire des cauchemars.

J'avais enfin appris à ne sous-estimer aucun geste de Selene. J'avais une crainte, rationnelle ou pas, que malgré sa mort, Selene et sa magye avaient toujours une emprise sur ma sœur.

En tenant le cristal, j'ai silencieusement demandé à la pierre de me montrer la vision que je désirais. J'ai imaginé ma sœur à la maison, assise à la table, et j'ai demandé au cristal d'accepter cette image. J'ai failli échapper la pierre quand j'ai aperçu l'image minuscule, parfaite et tridimensionnelle de Mary K. à l'intérieur. Elle était assise à la table. Puis, j'ai demandé au cristal de me la montrer une semaine plus tard.

Les propriétés de l'énergie d'une pierre étaient aussi distinctes que celles de l'énergie d'un animal ou d'une personne.

L'énergie de ce cristal en particulier était froide, d'une couleur blanc verdâtre illuminée, qui imitait les mouvements de la marée. L'espace de plusieurs respirations, j'ai laissé mon énergie suivre sa houle. Puis, je l'ai projetée vers l'avenir.

L'image du croissant s'est transformée. J'ai vu Mary K. et son amie Jaycee sortir du cinéma de Widow's Vale. La vision était si parfaite et détaillée que j'apercevais même le A manquant sur la marquise.

Puis, j'ai ressenti une impression étrange, presque similaire à un courant d'air frais sur ma nuque. Alarmée, j'ai pivoté sur moi-même. Est-ce que quelqu'un me regardait ? Même dans un lieu fréquenté par d'autres sorcières, je savais que la pratique de ma magye dans un endroit public était une mauvaise idée. Mais je n'ai aperçu personne d'autre sur le balcon, et quand j'ai projeté mes sens, je n'ai senti personne à proximité.

En me concentrant à nouveau sur le cristal, j'ai réalisé que la fatigue me gagnait, chose plutôt commune lorsque j'atteignais un nouveau niveau dans la magye. Comme je savais qu'il me serait impossible de maintenir le sortilège encore bien longtemps, j'ai remercié la pierre pour son aide et j'en ai retiré mon pouvoir. La lumière blanc verdâtre qui l'illuminait s'est dissipée, de même que la vision de Mary K.

J'avais réussi. J'avais fait appel à une vision et j'avais vu exactement ce que je voulais voir. C'était la fonction réelle de la magye.

Je me suis levée, mais étourdie, j'ai dû m'asseoir dans le fauteuil. J'ai été vaguement consciente que Bree devait se demander où je me trouvais. Je me suis dit : je vais m'asseoir assez longtemps pour permettre à mon pouls de reprendre son rythme normal. Mais une vague d'épuisement m'a mise K.-O. Mes membres étaient lourds. J'ai commencé à somnoler. Mes yeux se sont fermés malgré moi.

Tout est dans l'ombre. Le hibou survole la table en pierre, ses griffes affûtées et ses yeux dorés. Le rire aigu du chacal. Le venin dégoulinant des crocs de la vipère. Le jaguar aux griffes déployées. *Un appétit qui ne pourrait jamais être satisfait. La belette rampant si près de la table que ses griffes l'ont éraflée. La faible lueur des bougies qui projettent des ombres sur les murs. Des yeux dorés, des yeux verts, brillants et concentrés. Tous les yeux sur le louveteau. Tous les animaux en attente. La terreur du louveteau, aiguë et palpable. Le manche de l'athamé serti d'un rubis rouge qui brille de puissance. Le cri de l'aigle. Et le loup argenté. Celui après qui ils attendent tous. Il bondit sur la table et ouvre grand sa gueule. Le louveteau hurle.*

— Ça va?

J'ai senti quelqu'un secouer gentiment mon épaule.

Mes yeux se sont écarquillés. L'homme de la cour se tenait au-dessus de moi, une ombre d'inquiétude dans les yeux.

— Qu'est-il arrivé? a-t-il demandé.

— Je… j'ai dû m'assoupir, ai-je dit en me sentant troublée et embarrassée.

J'étais couverte de sueur.

— J'ai fait un rêve.

— Quel sorte de rêve ?

— Seulement un cauchemar.

Même si je me sentais malade et désorientée, je savais que je ne pouvais risquer d'en dire davantage. Surtout si le Conseil avait raison à propos de sa signification.

— Les rêves sont étranges, a dit l'homme pensivement. Ils possèdent leur propre logique. Ils mêlent le passé, le présent et le futur et d'autres choses qui, je crois, appartiennent à notre inconscient collectif. Des choses qui n'ont rien à voir avec vous en particulier.

— Peut-être que ce rêve n'avait rien à voir avec moi, ai-je acquiescé.

Après tout, personne n'avait pu expliquer pourquoi j'avais fait ce rêve, mais le fait qu'il m'était venu deux fois me bouleversait à présent.

J'ai pris plusieurs respirations profondes avant de me lever. Tout allait jusqu'à maintenant : marcher me semblait possible. J'ai jeté un coup d'œil à ma montre. Une heure était passée.

— Je ferais mieux de rejoindre mon amie, ai-je dit. Merci de votre aide.

— Vous êtes certaine que ça va ?

— Oui.

J'ai commencé à marcher, mais il a légèrement touché mon bras.

— Je suis désolé. Je n'ai pas eu la bienséance de vous le demander. Quel est votre nom ?

— Morgan, ai-je répondu sans réfléchir.

Il m'a tendu la main.

— Eh bien, Morgan, j'espère que ta magye t'apportera toujours de la joie.

J'ai trouvé Bree au rez-de-chaussée tenant à la main un sac contenant un jeu de tarot.

— J'allais organiser une fouille pour te trouver, a-t-elle dit. Nous sommes censées rencontrer les autres pour le déjeuner dans quarante-cinq minutes, tu te souviens ?

J'ai acheté le livre sur les présages, et nous avons quitté la boutique pour nous rendre à la station de métro sur Spring Street. C'est seulement plus tard, lorsque nous sommes ressorties du métro sur Upper West Side que j'ai réfléchi au fait que j'avais dévoilé mon nom à cet homme.

Avais-je commis une infraction à ma sécurité?

Non, ai-je décidé. Après tout, je ne lui avais donné que mon prénom. Mais j'ai souhaité avoir pensé à lui demander le sien.

6

Guérison

19 août 1981

Maeve et moi avons promis nos âmes l'un à l'autre. Nous avons quitté le village un peu après la tombée de la nuit pour nous réfugier sous les falaises. Elle et moi partageons une affinité pour le feu, alors ça a été un jeu d'enfant d'allumer un feu de joie par nos esprits — l'expression concrète de la nature dévorante de notre amour. Notre feu était magnifique, dansant et léchant la nuit comme un animal ; rouge, jaune et orange, mais au cœur bleu-blanc éclatant. Je suis tellement heureux que j'en suis pratiquement ivre. Enfin, je suis pleinement vivant.

Je lui ai même donné la montre que papa a donnée à maman ; celle que je garde sur moi depuis des années. C'est drôle qu'il ne me soit jamais traversé l'esprit de la remettre à Grania. Mais en réalité, je n'ai jamais aimé Grania.

Il ne me reste plus qu'une chose à faire. Je n'ai pas encore fait l'amour à Maeve, pourtant la Déesse sait que je le désire plus que quoi que ce soit d'autre sur cette Terre. Mais je souhaite qu'il n'existe aucun mensonge entre nous alors je dois d'abord lui parler de Grania et des enfants. Ce sera difficile, mais l'amour nous aidera à passer par cette épreuve. Je n'ai aucune crainte. Rien ne pourra éteindre notre feu.

— Neimhich

Murray's était une charcuterie acha-landée sur Columbus Avenue, coincée entre une boutique d'accessoires informati-ques et un kiosque de fleurs. Les odeurs épicées du bœuf salé, du pastrami et de la choucroute m'ont soudain amenée à réa-liser que j'étais affamée.

Bree et moi nous sommes faufilées jusqu'à la petite table carrée où Raven et Robbie étaient assis. Quelques secondes après que nous avons pris place à la table, une serveuse a laissé tomber quatre énormes menus sur la table.

— Aucun signe de Sky ou de Hunter, a annoncé Raven.

— Ils ne sont jamais revenus à l'appartement? lui ai-je demandé en sentant à nouveau l'inquiétude me gagner.

Je savais que Hunter et Sky pouvaient se débrouiller, mais le fait d'avoir fait le rêve une deuxième fois semait l'effroi en moi. Était-il simplement en retard à présent ou était-ce possible qu'il ne fasse pas acte de présence?

— Non, a répondu Raven, mais j'ai enregistré un message à leur intention sur le répondeur du père de Bree pour leur dire d'amener leurs derrières de sorcière ici.

Bree a fait une moue à la fois amusée et horrifiée.

— Super. Je peux imaginer un client de mon père appeler et tomber sur ce message.

La serveuse est revenue à notre table.

— Que désirez-vous ? a-t-elle demandé.

— Euh… nous attendons des amis, a dit Robbie. Pouvez-vous revenir dans dix minutes ?

Elle a gesticulé du côté de la file qui s'était formée près de la porte.

— Il y a des gens qui attendent une table, nous a-t-elle dit. Soit vous êtes prêts à commander, soit vous cédez votre place à quelqu'un d'autre.

— Commandons, a décidé Bree.

Nous avons donc commandé des sandwichs au bœuf salé et au pastrami, de même que des boissons gazeuses. Raven a demandé un sandwich au smoked-meat. On nous a servis immédiatement, et j'avais terminé la moitié de mon sandwich quand j'ai senti la présence de Hunter et de Sky à proximité. Je me suis retournée pour les voir franchir la porte d'entrée.

Hunter portait son blouson en cuir et un foulard vert bouteille. Ses joues étaient rouges de froid.

— Désolés de notre retard, a-t-il dit quand il a atteint notre table.

Raven a roulé des yeux.

— C'est gentil de vous présenter.

Robbie, l'éternel gentleman, est parvenu à dénicher deux autres chaises pour les apporter à notre table. Sky a pris place aux côtés de Raven.

— Tu as faim ? ai-je dit en offrant à Hunter la moitié restante de mon sandwich.

— Non, merci, a-t-il dit d'un air distrait.

Il n'a pas pris place sur la chaise que lui avait apportée Robbie. Il s'est contenté de s'agenouiller près de moi.

— Je dois te parler de quelque chose, a-t-il dit à voix basse. Que dirais-tu d'emballer ton sandwich et de venir marcher avec moi ?

— Je n'ai plus faim, ai-je dit.

J'étais heureuse d'avoir la chance de lui parler. Je voulais lui dire que j'avais fait le rêve à nouveau.

J'ai laissé de l'argent pour régler l'addition et j'ai prévu rencontrer les autres chez Murray's dans une demi-heure. Puis, Hunter et moi sommes sortis. Sans dire un mot, nous nous sommes dirigés vers Central Park, nous arrêtant seulement pour acheter des cafés pour emporter, notre défense contre le froid.

Nous avons déambulé dans une rue transversale bordée de bâtiments de grès brun pour dépasser le Dakota, là où John Lennon avait vécu, pour finalement nous arrêter pour nous asseoir sur un mur bas avec vue sur Strawberry Fields, le jardin érigé en mémoire de John Lennon. Parce qu'il faisait si froid, il y avait peu de visiteurs dans le jardin en forme de larme ce jour-là. Mais sur la mosaïque circulaire où on avait gravé le mot « Imagine », quelqu'un avait laissé un bouquet de marguerites blanches et jaunes.

— Savais-tu que Strawberry Fields était en fait le nom d'un orphelinat voisin de la maison d'enfance de John Lennon ? m'a demandé Hunter. Sa tante, qui l'a élevé, avait pris l'habitude de menacer de l'y envoyer quand il n'était pas sage.

— Il faudra que je me rappelle de ce détail croustillant pour mon père, ai-je dit. Il est toujours un grand admirateur.

— Mes parents possédaient tous les albums des Beatles, s'est souvenu Hunter. Maman faisait jouer la face B d'*Abbey Road* les dimanches matins. « Here Comes the Sun. »

Il a fredonné la chanson doucement un certain moment.

— Déesse, je n'avais pas pensé à ça depuis des années.

Il a secoué la tête comme pour chasser la douleur de ce souvenir.

— Au moins, tu sais qu'ils sont vivants à présent, ai-je dit d'un ton qui se voulait positif.

La vague sombre avait démoli l'assemblée des parents de Hunter quand il était âgé de seulement huit ans, et sa mère et son père se tenaient cachés depuis. Durant des années, il avait ignoré s'ils étaient vivants ou non. Puis, peu avant la fête de Yule, le père de Hunter avait communiqué avec lui par son lueg. Mais la vague sombre avait submergé la vision et avait coupé le contact avant que Hunter ne puisse entendre ce que son père tentait de lui dire. Depuis, nous n'avions pas osé réessayer par crainte de guider les ténèbres vers eux.

— Je sais qu'ils étaient vivants il y a trois semaines, m'a corrigée Hunter d'une voix tendue. Ou du moins que mon père l'était. Mais il a pu leur arriver n'importe quoi depuis ce temps, et je ne le saurais pas. C'est ce qui me tue : le fait de ne pas savoir.

J'avais mal pour lui et j'ai glissé mes bras autour de sa taille. La plupart du temps, Hunter conservait son chagrin à propos de sa famille enfoui profondément en lui, mais parfois, la douleur remontait à la surface, et je pouvais voir qu'elle demeurait toujours en lui. Une partie de lui ne serait jamais tranquille tant qu'il ne saurait pas avec exactitude ce qu'il était advenu de ses parents.

J'ai senti la douce lueur d'une lumière blanche au milieu de ma poitrine. Un des sortilèges de guérison que connaissaient Alyce s'ouvrait à moi.

— Puis-je essayer quelque chose ? ai-je demandé.

Hunter a hoché la tête. J'ai défait la fermeture à glissière de son blouson jusqu'au milieu. J'ai retiré mon gant pour défaire un bouton de sa chemise et glisser ma main froide sur sa peau lisse et chaude. Il a tressailli, puis je l'ai senti s'ouvrir à la lumière blanche qui circulait en moi.

J'ai commencé à entonner un chant dans un murmure.

— « Le cœur qui aime doit un jour être chagriné. L'amour et le chagrin sont des cadeaux ficelés de la Déesse. Laisse la douleur entrer, laisse-la ouvrir ton cœur à la compassion. Laisse-moi t'aider à supporter ton chagrin… »

J'étais incapable de continuer. Soudain, j'ai su exactement comment je me sentirais si mes parents et Mary K. étaient arrachés à moi. C'était d'une douleur plus qu'insoutenable. C'était plus que ce qu'il était possible de supporter. J'ai pleuré de chagrin, mais j'ai réussi à laisser ma main reposer contre la poitrine de Hunter, j'ai réussi à laisser la lumière guérisseuse circuler.

— Chut, a dit Hunter. Tu n'as pas à continuer.

— Non, ai-je murmuré. Je dois terminer le sortilège. «Que ton cœur soit tranquille et ouvert à un plus grand amour. Que l'amour qui circule éternellement dans l'Univers t'enlace et te réconforte.»

Graduellement, j'ai laissé la lumière blanche se diffuser et prendre avec elle la douleur de Hunter. Nos yeux se sont croisés. J'ai lu quelque chose de différent dans les siens, une nouvelle clarté. J'ai senti que quelque chose qui l'avait ligoté s'était estompé.

— Merci, a-t-il dit.

— C'est un cadeau d'Alyce, lui ai-je dit en tremblant. Je n'avais pas réalisé à quel point tu avais mal. Je suis désolée.

Il a déposé un baiser sur mon front avant de me tirer vers lui. Quand j'ai cessé de trembler, il m'a dit :

— Aimerais-tu savoir pourquoi nous sommes assis ici à nous geler les fesses plutôt qu'à l'intérieur, en train de déjeuner ?

— Ça ?

— Oui, ça, a-t-il dit. D'abord, je suis désolé de ne pas avoir répondu à tes messages. Il nous a fallu un certain temps pour repérer notre contact, et quand nous l'avons trouvé, il était absolument terrifié. Il nous a obligés à passer par un labyrinthe de mesures de précaution. Si je t'avais répondu et qu'il l'avait remarqué, il aurait pu croire que je le trahissais.

— Il n'y a pas de souci, ai-je dit. J'étais simplement inquiète à ton sujet. Avait-il de l'information à vous donner ?

— Oui, a dit Hunter. Il en avait.

Il a marqué une pause. Le soleil, qui n'avait pas brillé très fort durant la matinée, a disparu derrière un groupe de nuages blancs et épais.

— Et alors ? l'ai-je incité à continuer après un certain moment.

J'ai vu le trouble dans les yeux verts de Hunter.

— J'ai découvert qui est le chef de la cellule new-yorkaise d'Amyranth. Apparemment, les membres de l'assemblée portent des masques qui représentent leur équivalent animal lorsqu'ils ont besoin de faire appel au pouvoir de cet animal. Le chef porte le masque d'un loup. Mon indic ne les connaissait pas tous, mais il a confirmé qu'il y avait aussi des membres qui portaient le masque d'un hibou, d'une vipère, d'un couguar, d'un jaguar et d'une belette.

— Alors mon rêve...

— Portait sur la cellule new-yorkaise d'Amyranth, a conclu Hunter. Oui.

J'ai frissonné.

— Hunter, j'ai fait le rêve à nouveau, lui ai-je dit. Il y a environ une heure, pendant que je me trouvais dans une boutique occulte de SoHo.

— Déesse!

Hunter a pris un air alarmé.

— Pourquoi ne m'as-tu pas contacté?

Avant que je ne puisse répondre, il a émis une exclamation d'agacement.

— Question stupide. Je ne répondais pas à tes messages. Morgan, je suis désolé.

— Ça va, ai-je dit. Je veux dire, c'était effrayant, mais cette fois-ci, je savais de quoi il s'agissait. Je ne suis pas certaine de comprendre pourquoi j'ai fait ce rêve à nouveau, par contre.

— Peut-être parce que nous sommes à New York, a-t-il dit. Ou peut-être…

Il a interrompu sa pensée et a affiché un air encore plus troublé. Puis, il a pris ma main dans la sienne.

— Je dois te dire quelque chose. Quelque chose que j'ai appris aujourd'hui. Cela va éveiller des pensées douloureuses en toi.

J'ai senti comme des doigts glacés me parcourir l'échine en pressentant le poids des nouvelles que portait Hunter. Je lui ai adressé un faible sourire.

— Je t'écoute.

— Le nom du chef qui porte le masque de loup est Ciaran, a-t-il dit.

— Ciaran ?

Je me suis sentie malade.

— Ça… ça ne peut pas être le même Ciaran. Je veux dire, il doit exister plus d'un Ciaran dans le monde.

— Je suis certain que oui, a acquiescé Hunter. Mais ce Ciaran est une sorcière Woodbane puissante, dans la quarantaine, originaire du nord de l'Écosse. Je suis désolé, Morgan, mais je n'ai aucun doute. C'est le même qui a tué Maeve et Angus.

J'ai réalisé que je n'avais aucune idée de ce qui était advenu de Ciaran après qu'il a allumé le feu qui avait causé la mort de mes parents.

— Je suppose que j'avais présumé qu'il était de retour en Écosse, ai-je dit sans conviction. Mais il est ici, à New York ?

Hunter a hoché la tête, les yeux rivés sur mon visage. Je suis restée assise là, à tenter d'absorber cette nouvelle information. Ciaran était vivant. À ma portée.

À ma portée ? Mais à quoi donc penses-tu ? me suis-je amèrement demandé. Que ferais-je si je tombais face à face avec lui ? Je ferais demi-tour pour détaler dans la direction opposée si j'avais un tant soit peu de cervelle. Il avait été plus puissant que

Maeve et Angus réunis. Il pourrait m'écraser comme une fourmi.

— Nous avons aussi découvert que Ciaran a trois enfants, a poursuivi Hunter. Deux d'entre eux, Kyle et Iona, habitent toujours l'Écosse, mais le plus jeune est ici, à New York. Tu ne voudras pas me croire.

Il a marqué une pause.

— Il s'agit de Killian.

— Killian ?

Ma bouche est devenue béante.

— La sorcière que nous avons rencontrée hier soir ?

Hunter a hoché la tête d'un air sombre.

— Un peu plus et il s'assoyait sur mes cuisses et je n'ai pas réalisé qu'il était celui que je cherchais.

J'ai avalé la dernière gorgée de mon café à présent froid.

— C'est une trop grande coïncidence.

— Les coïncidences n'existent pas, m'a rappelé Hunter en affirmant un de ces axiomes wiccans que je trouvais si énervants et cryptiques.

J'ai songé au louveteau terrifié de mon rêve.

— Cela signifie que Killian est la victime ciblée par Amyranth ?

— On le dirait bien, a dit Hunter.

— Oh mon Dieu ! D'abord, Ciaran tue ma mère et mon père et maintenant, il veut s'attaquer à son propre fils.

— Ciaran s'est donné aux ténèbres il y a longtemps, a dit Hunter. Il suit la même logique. Un homme capable de tuer l'amour de sa vie est capable de tuer son propre fils aussi.

— Qu'as-tu découvert d'autre ? Sais-tu où il habite ? À quoi il ressemble ?

— Rien de tout ça. Je t'ai dit tout ce que je sais.

Hunter a froissé son gobelet de café en boule avant de le lancer vers une poubelle qui se trouvait à au moins cinq mètres plus loin. Le gobelet a atterri dans la poubelle.

Il s'est levé du mur en bondissant puis il m'a aidée à me lever.

— Je dois essayer de trouver Killian pour tenter de découvrir pourquoi Amyranth souhaite lui soustraire son pouvoir. Peut-être possède-t-il une sorte de capacité spéciale dont ils ont besoin. De toute manière, il détient peut-être de l'information précieuse sur l'assemblée. Si je joue bien mon jeu, il pourrait devenir un allié estimable pour le Conseil.

— J'y vais avec toi, ai-je dit sous la force d'une impulsion.

Soudain, Hunter serrait le haut de mon bras et me jetait un regard mauvais.

— Morgan, es-tu folle ? Tu ne peux pas m'accompagner… Surtout à présent que nous savons que Ciaran est le chef d'Amyranth. La dernière chose que je souhaite est qu'il prenne connaissance de ton existence. J'aurais voulu que tu sois restée à Widow's Vale. En fait, je devrais t'amener à Port Authority maintenant. Tu pourras prendre le prochain bus vers le nord. Je pourrai ramener ta voiture et tes affaires dans un jour ou deux.

En un éclair, nous avions retrouvé notre ancienne relation antagoniste.

— Laisse-moi y aller, ai-je dit, furieuse. Je n'accepte pas d'ordres de toi. Quand je rentrerai à Widow's Vale, je le ferai au volant de ma voiture, au moment où je serai prête à le faire.

Pendant un bon moment, nous avons échangé des regards noirs. J'observais Hunter s'efforcer de contrôler sa colère.

— Si tu restes, a-t-il dit la mâchoire serrée, tu dois me promettre de filer sous le radar. Aucun éclat de magye dans la rue. En fait, pendant notre séjour en ville, je veux que tu évites d'utiliser ta magye sauf si c'est absolument nécessaire. Je ne veux pas que tu attires l'attention sur toi.

Je savais qu'il avait raison, même si je détestais l'admettre.

— OK, ai-je dit l'air boudeur. Je le promets.

— Merci.

Hunter a relâché sa poigne.

— Sois prudent, ai-je dit.

Il m'a embrassée de nouveau.

— Tu viens de prononcer ma réplique. Sois prudente. À ce soir.

J'ai filé sur Colombus Avenue. Quand je me suis approchée du restaurant, j'ai dépassé un père qui transportait son petit garçon sur ses épaules. Le garçon riait, comme s'il s'agissait du plus beau cadeau au monde.

Cela m'a amenée à me demander quelle était la relation entre Killian et son père. Avaient-ils déjà été proches? Comment se sentait-on quand on était le fils d'une personne dédiée au mal?

Peut-être que ça expliquait l'imprudence de Killian, ai-je pensé. Peut-être s'enfuyait-il des ténèbres? Ça, ai-je pensé en soupirant, je pouvais facilement le comprendre.

Bree et les autres s'apprêtaient à quitter quand je suis revenue chez Murray's.

— Juste à l'heure, a dit Bree en sortant du restaurant. Tu veux nous accompagner, Sky et moi, au musée d'arts modernes?

— J'ai choisi de ne pas y aller, a dit Raven. Je vais aller voir un film dans le Village.

Je ne connaissais pas suffisamment Raven pour en être certaine, mais j'ai eu l'impression qu'elle parlait plus fort qu'à l'habitude et que ça signifiait probablement qu'il y avait toujours une tension entre Sky et elle.

J'ai jeté un coup d'œil du côté de Robbie. Il paraissait si misérable que j'ai été persuadée qu'on ne l'avait pas invité à l'excursion au musée. J'ai essayé de me souvenir si Bree était toujours aussi impitoyable dans ses relations. Ou est-ce que Robbie avait droit à un traitement spécial, car elle avait réellement de l'affection pour lui ? D'une manière ou de l'autre, son comportement me rendait mal à l'aise.

— Non, merci, ai-je dit d'une voix brusque. Je ne suis pas d'humeur.

Bree a haussé les épaules.

— OK. À plus tard, à l'appartement.

Je me suis dirigée vers Broadway. Comme je me trouvais seule de façon inattendue, j'ai réalisé qu'il s'agissait du bon moment pour tenter de repérer l'ancien appartement de Maeve et d'Angus. J'ai repensé à la promesse faite à Hunter à savoir que j'éviterais d'attirer une attention non désirée sur moi. Mais de jeter un œil sur l'ancien appartement de mes parents biologiques n'attirerait l'attention de personne, ai-je raisonné. Je devais seulement veiller à n'utiliser aucune magye durant ma recherche.

Un rayon de soleil de fin d'après-midi a percé les nuages pendant que je marchais, et cette parcelle de lumière a semblé remonter le moral de la rue. Deux planchistes m'ont dépassé à toute allure pendant qu'une dame assurait son caniche réticent que c'était une journée magnifique pour faire une promenade. J'ai soudain réalisé que Robbie suivait ma piste.

— Robbie, ai-je dit. Où vas-tu ?

Robbie a haussé les épaules de façon trop désinvolte.

— J'ai pensé passer du temps avec toi. Est-ce que ça te va ?

Robbie paraissait si misérable et abandonné que je ne pouvais le lui refuser. Par ailleurs, Robbie était spécial. Il s'était trouvé à mes côtés quand j'avais trouvé les outils de Maeve.

— Je ne me dirige pas vers une partie très pittoresque de la ville, l'ai-je averti. Hum… en fait, je voulais taire cette excursion. Tu sais, rester discrète.

Robbie a levé les sourcils.

— Quoi ? Tu vas essayer de te procurer de la dope ou quoi ?

Je l'ai doucement frappé sur l'épaule.

— Idiot. Bien sûr que non. C'est seulement que… Maeve et Angus ont vécu dans un appartement de Hell Kitchen's avant d'aller vivre dans le nord-est. J'aimerais le trouver.

— OK, a dit Robbie. Je ne comprends pas pourquoi c'est un grand secret, mais je n'en soufflerai pas un mot.

Nous avons poursuivi notre promenade en silence. C'est moi qui l'ai finalement brisé.

— Je pense que tu fais preuve d'une retenue admirable, lui ai-je dit. Si j'étais toi, j'aurais laissé Bree sur le carreau il y a bien longtemps.

Il m'a adressé un grand sourire.

— Tu l'as déjà fait, tu te souviens ?

J'ai grimacé au souvenir de la terrible dispute que nous avions eue dans un couloir de l'école. Une dispute au sujet de Cal.

— Je l'ai giflée en plein visage, l'ai-je corrigé. En réalité, je me suis sentie horrible.

— Ouais, c'est bien ce que je pensais.

J'ai réfléchi à une formule délicate pour poser ma question.

— Est-ce que tout s'est bien… passé… entre vous hier soir?

Robbie a pris une grande inspiration.

— C'était tellement étrange. C'était génial. Je veux dire, aussi génial que ça pouvait l'être avec Raven qui ronflait à quelques centimètres de nous. Nous nous sommes enlacés. Et c'était agréable d'être ensemble, bien au chaud et affectueux. C'était bon et bien. C'était un beau moment, Morgan, pour nous deux, je te le jure.

— Alors, qu'est-ce qui a changé ce matin? ai-je demandé.

— Je n'en ai aucune idée. Je me suis réveillé et j'ai dit bonjour à Bree ce matin quand je l'ai vue dans la cuisine, et elle m'a arraché la tête. J'ignore ce que j'ai fait.

J'y ai réfléchi pendant que nous attendions à l'arrêt d'autobus. Je me suis demandé ce que je pouvais dire à Robbie sans trahir la confiance de Bree. Après une attente de près de dix minutes, un autobus a finalement roulé vers l'arrêt. Nous sommes parvenus à trouver deux sièges contigus qui faisaient face à l'allée centrale.

— Peut-être n'as-tu rien fait de mal, ai-je dit.

J'appréciais la chaleur de l'autobus. J'ai défait mon foulard et j'ai retiré mes gants.

— Ou peut-être que ce que tu as fait de mal était d'être bien.

Robbie s'est massé le front.

— Je ne te suis pas.

— OK. Peut-être que ce qui s'est passé la nuit dernière était aussi génial que tu le crois, ai-je dit. Et peut-être que c'est le problème. Quand les choses vont bien, Bree n'a pas confiance. C'est exactement dans ces cas qu'elle gâche tout.

— C'est complètement insensé, a dit Robbie.

Je lui ai adressé un regard entendu.

— Est-ce que j'ai dit que Bree était logique ?

Nous sommes descendus à la 49e Rue et avons marché vers l'ouest.

— Nous devons trouver le numéro sept, huit, huit, ai-je indiqué à Robbie.

Il a levé les yeux vers les immeubles.

— Nous ne sommes pas près.

Nous avons attendu le feu vert à la 9e Avenue. Cette avenue avait un aspect décent avec ses nombreux restaurants et ses petits marchands d'aliments ethniques. Mais à mesure que nous avancions vers l'ouest, la 49e prenait un aspect de plus en plus miteux. Il n'y avait plus de cinémas et de petits ateliers. Des détritus s'empilaient sur les trottoirs. Les immeubles se limitaient principalement à des immeubles de rapport de qualité minimale dont les briques s'effritaient et les fenêtres étaient bouchées. De nombreux panneaux étaient couverts de tags annonçant une bande. Nous nous trouvions dans Hell's Kitchen.

Je savais que ce quartier avait une longue histoire de crimes violents. Robbie était sur ses gardes, les yeux écarquillés. J'ai projeté mes sens dans l'espoir de déceler toute trace du passage de Maeve. Je n'ai d'abord obtenu que des fragments des gens du voisinage : des familles entassées dans les appartements ; quelques personnes âgées misérables et à la santé fragile ; une consommatrice de crack au corps chargé d'adrénaline. Puis, j'ai senti les poils sur ma nuque se hérisser. Dans le briquetage usé d'un immeuble abandonné, j'ai vu les vestiges de runes et de symboles magyques pratiquement recouverts par des couches de graffiti. Je n'y reconnaissais pas le travail de Maeve ni d'Angus. C'était logique : ils avaient renoncé entièrement à leurs pouvoirs au moment de fuir l'Irlande. Mais j'avais la preuve que des sorcières étaient venues ici.

— Nous y voilà, a dit Robbie quand nous sommes arrivés devant un immeuble de rapport en briques rouges tachées de suie et aux escaliers de secours en fer fixés à l'avant.

L'immeuble était étroit et n'était haut que de cinq étages. Il paraissait triste et négligé, et je me suis demandé à quel point son état avait empiré depuis que Maeve et

Angus y avaient habité il y avait près de vingt ans.

Je n'ai décelé aucune trace de ma mère biologique, mais cela ne signifiait pas qu'il n'y avait pas quelque chose à l'intérieur de l'immeuble. Si seulement je pouvais me rendre dans l'appartement qu'elle avait occupé. Trois marches basses menaient à la porte d'entrée cachée derrière une clôture en mailles de fer. Une affiche placée dans une fenêtre du premier étage annonçait « Appartements à louer. Powell Management Co. » J'ai appuyé sur la sonnette du concierge et j'ai attendu.

Personne n'a répondu à la sonnerie ou à mes coups sur la clôture en fer.

— Que veux-tu faire maintenant ? a demandé Robbie.

J'aurais pu essayer un sortilège, mais je n'étais pas supposée faire appel à la magye sauf si c'était absolument nécessaire. Et nous n'étions pas dans une situation d'urgence.

— Puis-je emprunter ton téléphone ? ai-je demandé à Robbie.

J'ai communiqué avec l'entreprise de gestion depuis le cellulaire de Robbie. À ma grande surprise, la dame au téléphone m'a indiqué que l'appartement trois était disponible. J'étais tellement excitée que ma voix tremblait pendant que je prenais rendez-vous pour visiter l'appartement le lendemain. C'était prédestiné, ai-je pensé. De toute évidence.

— Je suis désolé de te l'apprendre, a dit Robbie une fois que j'avais raccroché, mais tu ressembles à une étudiante — ce que tu es. Je veux dire, qui accepterait de te faire visiter un appartement?

— Je n'en suis pas certaine, ai-je dit à Robbie. Mais je trouverai un moyen.

7

La montre

20 août 1981

Ce matin, à l'aube, j'ai invité Maeve à marcher avec moi le long des falaises. Nous flottions tous les deux encore sur la joie de la nuit précédente. Pourtant, je savais que je devais lui dire la vérité. Je m'attendais à ce qu'elle soit étonnée, voire blessée, mais j'étais convaincu qu'elle me pardonnerait au bout du compte. Après tout, nous sommes des miirn beatha dáns.

Maeve parlait de l'endroit où nous allions vivre. Malgré son amour pour Ballynigel, elle ne souhaite pas y rester toute sa vie : elle souhaite voir le monde, et rien ne me ferait plus plaisir que de le lui montrer. Mais ses divagations

185

joyeuses étaient comme des flèches dans mon cœur. Finalement, je ne pouvais plus supporter l'attente, et je lui ai dit, aussi gentiment que possible, que je n'étais pas encore libre de voyager avec elle, que j'avais une femme et deux enfants en Écosse.

Elle m'a d'abord regardé d'un air confus. J'ai répété mes paroles, mais cette fois, en tenant ses mains.

Puis, sa confusion a été remplacée par l'incrédulité. Elle m'a supplié en pleurant de lui dire que ce n'était pas vrai. Mais je ne le pouvais pas. Je ne pouvais pas lui mentir.

Je l'ai tirée vers moi pour embrasser ses larmes. Mais elle m'a repoussé. Elle a brusquement retiré ses mains des miennes avant de reculer. Je l'ai suppliée de m'accorder du temps. Je lui ai dit que je ne pouvais pas me permettre d'enrager Greer — pas si je souhaitais la remplacer. Mais je lui ai juré de les abandonner dès que ce serait possible.

Elle m'a interrompu.

— Tu ne quitteras pas ta femme et tes enfants, a-t-elle dit, et l'angoisse dans ses yeux s'est transformée en flammes. D'abord, tu me trahis par tes mensonges. Maintenant, tu souhaites détruire ta famille en plus?

Puis, elle m'a dit de partir, de m'en aller.

Je n'arrivais pas à croire qu'elle était sérieuse. J'ai argumenté, je l'ai cajolée, je l'ai suppliée. Je lui ai demandé de prendre le temps d'y réfléchir. Je lui ai dit que nous trouverions un moyen de poursuivre notre route ensemble sans heurts, que, bien entendu, je m'occuperais de ma famille. Mais peu importe ce que je lui disais, je n'ai pas réussi à la dissuader. Elle, qui avait été si douce, si accommodante, était maintenant dure comme le fer.

Mon âme est brisée. Demain, je retourne en Écosse.

— Neimhich

À notre retour sur la 9ᵉ Avenue, Robbie est parti de son côté. Je suis retournée à l'appartement du père de Bree. Nous n'avions prévu aucune sortie de groupe en soirée, et l'appartement était vide. J'ai été incapable de me calmer avant un certain moment. J'étais trop emballée — parce que je savais que Ciaran était en ville, parce que j'avais trouvé l'ancien immeuble de Maeve. La montre s'y trouve-t-elle toujours ? me suis-je demandé. Si elle y était, allais-je être en mesure de la trouver ? J'ai tenté d'effectuer un présage pour la trouver, mais j'étais trop électrisée pour me concentrer. Finalement, je me suis pelotonnée sur le divan pour lire un moment le livre sur les présages acheté dans SoHo.

Le soleil était presque couché quand j'ai senti Hunter parcourir le hall. Je peinais à croire en ma chance. Allions-nous avoir la chance de nous trouver seuls dans l'appartement ? J'ai filé vers la salle de bain pour me brosser rapidement les dents et les cheveux.

Mais dès que Hunter a ouvert la porte, j'ai réalisé que nous n'allions pas profiter d'un interlude romantique. Il est entré, a retiré son foulard et son blouson, m'a fait un bref signe de tête avant de se diriger vers la fenêtre pour jeter un regard morose vers l'extérieur.

Je me suis levée pour me tenir à ses côtés. Malgré son humeur, j'ai immédiatement capté notre lien. J'aurais été incapable de les définir, mais mon lien avec Hunter était complètement différent de celui avec l'homme dans la librairie. Hunter touchait chaque parcelle de moi. Me tenir près de lui sans le toucher était un délicieux tourment ; laisser sa présence caresser chacune de mes terminaisons nerveuses plongeait mon corps dans un état complet d'anticipation.

Il a pris ma main.

— Ne fais rien, a-t-il dit doucement. Je suis incapable d'être avec toi dans cet esprit en ce moment.

— Qu'est-il arrivé ? ai-je demandé en ressentant une pointe d'alarme. Qu'est-ce qui ne va pas ?

— Je n'ai pas trouvé Killian. Soit il a appris qu'un investigateur du Conseil était à sa recherche, soit Amyranth a mis le grappin sur lui, mais je n'arrive pas à le trouver.

— As-tu essayé…

Hunter s'est mis à faire les cent pas dans le salon.

— J'ai trouvé son appartement, j'ai appuyé sur la sonnette, je lui ai téléphoné. Je me suis rendu à la boîte de nuit où j'ai appris le nom de certains de ses amis, que j'ai interrogés. Je lui ai envoyé des messages de sorcière. Il ne répond à aucun message. J'ai même eu recours à mon lueg pour effectuer un présage au beau milieu de la rue. J'étais désespéré à ce point de trouver une piste, n'importe laquelle. Et rien n'a fonctionné, a-t-il conclu d'un ton amer.

Il s'est affaissé sur le divan avant de glisser une main dans ses cheveux.

— Je ne sais tout simplement pas quoi faire d'autre pour le trouver. Je vais devoir communiquer à nouveau avec le Conseil.

— Veux-tu que j'essaie de faire un présage ?

— J'ai fait des présages qui m'ont mené jusqu'à Samhain, et aucune trace de Killian.

— Je sais. Mais je fais des présages dans le feu, lui ai-je rappelé. J'obtiendrai peut-être des résultats différents.

Il a haussé les épaules avant de saisir une large bougie ivoire sur la table basse — une des bougies que Bree avait dû acheter la veille — et de la pousser vers moi.

— Tu peux toujours essayer, a-t-il dit, mais il y avait du scepticisme dans sa voix.

Je me suis assise en tailleur sur le sol. Je me suis concentrée sur ma respiration, mais mes pensées ne se sont pas envolées aussi facilement que d'habitude. Je me suis demandé si j'allais être capable de transférer ce que j'avais appris avec le cristal dans mon présage par le feu. Allais-je être capable de contrôler la vision cette fois-ci ?

— Morgan ?

— Désolée, ai-je dit. J'ai été distraite. Laisse-moi réessayer. Tu souhaites voir où Killian se trouve en ce moment même ?

— Ce serait un bon début.

— OK.

Encore une fois, je me suis concentrée sur ma respiration. Cette fois, j'ai senti que le calme gagnait mon esprit et que la tension quittait mes muscles. J'ai fixé mon regard sur la mèche de la bougie, j'ai pensé au feu, et la bougie s'est allumée. J'ai laissé mes yeux se concentrer sur la flamme en me plongeant plus profondément dans un état méditatif jusqu'à ce que la table basse, la pièce, Hunter et même la bougie s'estompent dans ma conscience. Seule la flamme existait.

Killian. J'ai laissé une image de lui tel qu'il m'était apparu à la boîte de nuit se glisser dans mon esprit : confiant, impudent, riant — ce mélange grisant de danger et de joie que lui donnait son propre pouvoir.

Je me suis concentrée sur le feu et je lui ai demandé de me donner la vision que je cherchais, de me montrer Killian comme il était en ce moment. Je lui ai demandé de me laisser entrer et je lui ai envoyé mon énergie. Je ne pouvais y toucher comme j'avais touché le cristal. Le feu me brûlerait. Mais j'ai laissé mon pouvoir crépiter à ses côtés pour faire appel à sa chaleur et à son énergie.

Quelque chose a changé dans la flamme. Elle s'est mise à danser plus haut, à resplendir de façon plus éclatante. Son centre bleu est devenu un miroir et j'y ai vu le profil de Killian. Il était seul dans une chambre sombre et délabrée. Une fenêtre se trouvait devant lui et projetait une lumière légèrement rouge sur son visage. Par la fenêtre, j'ai pu voir une sorte de tour en pierres grises, partiellement voilée par un écran de branches nues. Killian semblait effrayé ; son visage était pâle, ses traits étaient tirés.

J'ai envoyé une autre parcelle de mon pouvoir vers la flamme pour forcer la vision à s'éclaircir, à révéler des indices pouvant permettre de découvrir où il se trouvait. La flamme a craqué, et Killian s'est tourné pour me regarder droit dans les yeux. Le lien a été abruptement brisé. J'ai repoussé une pointe d'agacement pour me concentrer à nouveau sur la flamme. Encore une fois, j'ai demandé une vision de Killian tel qu'il était en ce moment et j'ai envoyé mon énergie pour qu'elle danse avec la flamme.

Cette fois-ci, je n'ai obtenu aucune vision. La flamme s'est plutôt éteinte, comme si quelqu'un l'avait étouffée. J'ai cligné des yeux avec force. Le reste de la pièce a repris sa place.

Hunter m'observait d'un regard impénétrable.

— Je l'ai vu, a-t-il dit d'une drôle de voix. Et je n'ai pas joint mon pouvoir au tien. Je n'ai jamais réussi à faire ça auparavant, à voir la vision du présage de quelqu'un d'autre.

— Est-ce que ça pose un problème ? ai-je demandé avec incertitude.

— Non, a-t-il dit. C'est arrivé parce que ton présage est très puissant.

Il m'a tirée sur le sofa près de lui avant de me prendre dans ses bras.

— Tu es une voyante.

Il a posé un baiser sur chacune de mes paupières.

— Et je suis vraiment admiratif. Même humble… ou presque.

— Presque ?

J'étais enivrée à l'idée d'avoir accompli un acte de magye qui avait laissé Hunter bouche bée.

— Eh bien, tu sais que l'humilité n'est pas exactement mon genre, a-t-il admis avec un grand sourire.

— J'ai cru remarquer.

— Ce n'est pas non plus un point fort de Killian, a-t-il dit en empruntant à nouveau un ton sérieux.

Il a poussé un souffle avant de se laisser tomber contre le dossier du sofa.

— Au moins, nous savons qu'il est vivant. Il ne semblait pas blessé non plus. Il semblait effrayé, par contre. La pièce où il se trouvait, as-tu senti un indice quelconque quant à l'endroit où elle se situe?

J'ai secoué la tête.

— Rien.

— Je me demande, a poursuivi Hunter, pourquoi la vision s'est effacée si rapidement et pourquoi elle n'est pas revenue. On dirait presque que quelqu'un ne voulait pas que tu la voies.

— Peut-être que c'est Killian, ai-je dit. Il m'a regardée, tu te souviens ? Peut-être qu'il a senti que je faisais un présage à son sujet. Penses-tu qu'il possède suffisamment de pouvoir pour couper une vision ?

— Je présume qu'il ne lui manque pas de pouvoir, a dit Hunter en soupirant.

— Il doit y avoir un moyen de le trouver, ai-je dit.

— Attends une minute, a dit Hunter. La fenêtre devant lui. As-tu remarqué le clocher de l'église que l'on pouvait voir par la fenêtre ?

— Oh, me suis-je exclamée. Voilà ce que c'était.

— Oui. Et il y avait une lumière rougeâtre sur son visage alors je suis assez certain que la fenêtre donnait à l'ouest. Aussi, peu importe où il est, il doit se trouver assez loin à l'ouest, à un endroit où aucun grand immeuble ne bloque le soleil couchant.

— Wow.

J'étais impressionnée par son esprit de déduction.

Il semblait absorbé, avide.

— Je pense que j'arriverai peut-être à trouver un immeuble qui répond à ces caractéristiques, loin à l'ouest et ayant une fenêtre donnant à l'ouest et sur une église en pierres grises.

— Cela représente beaucoup de travail sur le terrain.

— Peut-être que demain je trouverai un moyen de restreindre ma recherche. Écoute, j'aimerais essayer de communiquer avec un autre indic ce soir. J'ignore quand je serai de retour.

J'ai jeté un coup d'œil sur ma montre. Il était 18 h.

— Es-tu en train de me dire de ne pas t'attendre ?

Le visage de Hunter a semblé plein de regrets.

— J'ai bien peur que oui.

Il a enfilé son blouson et son foulard, puis il m'a embrassée.

— Je reviendrai dès que possible.

Robbie a été le premier à rentrer à l'appartement. Quand nous nous étions quittés plus tôt, il s'était rendu dans le Village où il s'était arrêté dans une des boutiques de jeux d'échecs près du parc Washington Square.

— Je me suis fait battre par un grand maître de soixante-dix ans, m'a-t-il indiqué avec un sourire satisfait. Tout un apprentissage.

Bree, Raven et Sky sont rentrées quelques minutes plus tard — Raven devait les avoir rencontrées à un moment ou l'autre de l'après-midi. Bree était irritable et de mauvaise humeur, mais Raven et Sky semblaient s'entendre à merveille de nouveau. Nous avons commandé de la bouffe chinoise, puis Raven et Sky sont parties à la rencontre d'amis gothiques de Raven pendant que Robbie, Bree et moi avons regardé un film d'action hongkongais sur une chaîne à la carte. Un vendredi soir excitant dans la grande ville.

Peu importe à quelle heure Hunter est rentré, j'étais déjà endormie.

Le samedi matin, je me suis réveillée avant Bree. Raven n'était pas dans la chambre et quand j'ai projeté mes sens, j'ai réalisé qu'elle se trouvait dans le bureau en compagnie de Sky. Sans faire de bruit, j'ai enfilé un jean et un pull. J'ai retrouvé Hunter dans la cuisine, occupé à laver une assiette et une tasse.

— Bonjour, a-t-il dit. Aimerais-tu que je te prépare une tasse de thé avant de partir?

— Tu sais bien que non, ai-je dit en prenant un Coke diète dans le réfrigérateur.

— Beurk, a-t-il fait. Eh bien, je me prépare pour une longue journée de recherche d'églises en pierres grises et de fenêtres donnant à l'ouest.

— Ce genre de recherche pourrait te prendre une semaine, ai-je dit. Il doit y avoir des centaines d'églises comme celle-là dans la ville.

Il a haussé les épaules d'un air résigné.

— Que puis-je faire d'autre? Que ce soit Killian ou quelqu'un d'autre qui cache ses traces, je n'arrive à rien dans mes recherches par la magye.

Il a saisi son blouson.

— Que vas-tu faire aujourd'hui? a-t-il demandé.

Je me suis servi une Pop Tart que Bree avait eu la gentillesse d'acheter et j'ai tenté d'emprunter un air nonchalant.

— Robbie et moi avions pensé nous balader dans la ville un moment.

Ce n'était pas un mensonge — je savais que les mensonges ne servaient à rien face à Hunter. Mais ce n'était pas non plus exactement la vérité.

Hunter m'a jeté un regard inquisiteur, mais il n'a pas posé d'autres questions.

— À ce soir, pour le cercle, a-t-il dit.

— Nous formerons un jeune couple parfait, a dit Robbie pendant que nous déambulions sur la 49e Rue. En plus, tu as une bague et tout.

Il a jeté un coup d'œil sur la bague sertie d'un faux diamant que nous avions achetée dans une boutique de souvenirs ringards, puis il a hoché la tête.

— Wow, ça fait un peu bizarre de te voir porter ça.

— Eh bien, imagine comment je me sens de la porter, ai-je dit.

Robbie a éclaté de rire.

— Tu n'as qu'à penser à notre avenir prometteur, en commençant par notre appartement dans un immeuble à appartements de Hell's Kitchen.

— C'est ainsi que Maeve et Angus ont commencé leur vie dans ce pays, ai-je dit.

Je me suis soudain sentie triste.

— Dans les entrées de son Livre des ombres qui parlent de cette période, elle répète comment elle ne supportait pas de vivre en ville. Elle pensait que la ville était peuplée de gens malheureux qui couraient dans tous les sens, sans but.

— Eh bien, c'est un peu vrai.

Robbie m'a jeté un regard plein de compassion.

— Et ne sont-ils pas venus ici juste après la destruction de Ballynigel ? Pas étonnant qu'elle ait été déprimée. Elle venait de perdre sa maison, sa famille, pratiquement tous ceux qui lui étaient chers.

— Et elle avait abandonné la magye, ai-je ajouté. Elle a indiqué que c'était comme habiter dans un monde auquel on aurait retiré toutes ses couleurs. Cela me rend triste pour elle.

Nous sommes arrivés devant l'immeuble. Il paraissait encore plus délabré ce jour-là. Robbie m'a adressé un grand sourire.

— Eh bien, Madame Rowlands. Êtes-vous prête pour votre première expérience dans le monde de l'immobilier ?

— Hé ! Ma mère est agente d'immeuble, lui ai-je rappelé. J'en connais probablement davantage sur les baux que l'agent de location.

Malgré tout, j'ai pu sentir mon cœur s'emballer quand j'ai appuyé sur la sonnette du concierge. Je m'apprêtais à voir l'appartement de mes parents biologiques ! À quoi ressemblerait-il ? Serais-je capable de trouver la montre ?

— Qui est-ce ? a crépité la voix d'une femme à l'interphone.

— Morgan et Robbie Rowlands, ai-je répondu. J'ai parlé avec une personne de l'entreprise de gestion hier au sujet de l'appartement à louer. On m'a dit que vous pourriez nous le faire visiter aujourd'hui, à midi.

Robbie a tapoté sa montre. Nous étions à l'heure.

— D'accord, a-t-elle dit après un moment d'hésitation. Je descends tout de suite.

Nous avons attendu encore cinq minutes avant que la grille en acier ne s'ouvre sur une femme costaude et petite qui devait être âgée dans la fin soixantaine. J'apercevais la peau rose de son cuir chevelu à travers ses bouclettes grises.

Elle a regardé Robbie et moi, et j'ai décelé la suspicion dans ses yeux.

— L'appartement est par ici, a-t-elle grommelé.

Nous l'avons suivie dans une volée de marches et un couloir étroit. La peinture s'écaillait et l'endroit empestait l'urine. J'ai espéré que l'immeuble n'était pas dans un état aussi lamentable quand Maeve et Angus y avaient habité. Je ne pouvais supporter l'idée que ma mère, qui avait un amour si profond pour la terre, ait dû marcher dans cette laideur chaque jour.

La dame a sorti un anneau de clés de la poche de sa robe d'intérieur pour ouvrir la porte portant le numéro deux.

— Le loyer est de six cent soixante-quinze dollars par mois, a-t-elle dit. Vous ne pourrez pas trouver un prix aussi bas à Manhattan. Vous feriez mieux de le prendre rapidement.

— En fait, nous sommes venus visiter l'appartement 3, ai-je dit. L'entreprise de gestion a indiqué qu'il était disponible.

Elle m'a jeté un regard qui m'a rappelé celui de la préposée du secrétariat des annales.

— On vous a mal renseignés. Quel-qu'un habite au numéro 3, a-t-elle dit. Il n'est pas à louer. Celui-ci l'est. Voulez-vous le voir ou non ?

Robbie et moi avons échangé un regard. Je luttais contre ma déception. Tout ça pour rien. Nous n'allions pas visiter l'appartement de Maeve. Je n'allais pas trouver la montre après tout.

— Nous allons le visiter, a dit Robbie.

Pendant que la dame marchait pesamment vers l'escalier, il m'a donné un coup de coude et a murmuré :

— Je ne voulais pas que cette dame réalise que nous sommes des poseurs et qu'elle appelle la police.

Elle nous a fait entrer dans un appartement sombre dont les pièces étaient disposées en ligne droite ; un appartement à peine plus large que le couloir étroit.

— Voici le salon, a-t-elle dit quand nous sommes entrés dans la petite pièce à l'avant.

Elle a cogné contre les barres en acier qui recouvraient la fenêtre.

— C'est sécuritaire, a-t-elle fièrement dit.

La cuisine était munie d'une baignoire à pattes, d'un petit réfrigérateur ayant désespérément besoin d'être lavé et d'une famille de gros cafards en santé établie dans le lavabo.

— Vous n'avez qu'à y verser de l'acide borique, a-t-elle fait avec désinvolture.

Puis, elle nous menés vers la dernière pièce, une minuscule chambre à coucher délabrée dotée d'une fenêtre de la taille d'un annuaire téléphonique.

— Vous travaillez tous les deux ?

— Je travaille… dans l'informatique, a dit Robbie.

— Je suis serveuse, ai-je dit.

Ç'avait été le premier emploi de Maeve en Amérique.

— Eh bien, il vous faudra écrire ça dans votre demande, a dit la dame. Venez chez moi pour la remplir.

Je me suis demandé comment nous nous extirperions de l'étape de la demande quand j'ai senti quelque chose m'appeler dans la chambre minuscule. J'ai étudié le plafond taché.

— Il y a déjà eu une fuite, a admis la dame dont le regard avait suivi le mien. Mais nous l'avons réparée.

Mais ce n'était pas ce qui avait attiré mon attention. J'avais ressenti un élément magyque m'attirer depuis un coin du plafond. En l'observant de plus près, j'ai

remarqué qu'un des panneaux était légèrement de travers. Peu importe la provenance
de la magye, elle se trouvait derrière ce
panneau. La montre ? Était-ce possible
après toutes ces années ?

— Je vous l'ai dit : nous avons réparé la
fuite, a dit la dame d'une voix forte.

J'ai ravalé une réplique mordante.
J'avais besoin d'être seule un moment.
Comment allais-je me débarrasser de cette
femme ?

Frustrée, j'ai regardé Robbie en haus-
sant les sourcils et j'ai hoché la tête vers le
salon. Robbie m'a lancé un regard qui voulait dire « Qui, moi ? »

J'ai hoché la tête plus énergiquement.

— Hum... Pourrais-je vous poser une
question sur le salon ? a demandé Robbie
de façon hésitante. C'est au sujet de la
boiserie.

— Quelle boiserie ? a demandé la
dame, mais elle l'a suivi de toute façon.

Dès qu'ils ont quitté la pièce, j'ai fermé
la porte et j'ai rapidement poussé le verrou.
Je devais atteindre ce panneau au plafond.

Il n'y avait qu'un moyen d'y arriver. J'ai grimpé sur le rebord étroit de la fenêtre d'où j'ai maintenu un équilibre précaire.

Merci Déesse pour les plafonds bas! ai-je pensé quand j'ai réalisé que je pouvais tout juste atteindre le panneau. J'ai poussé contre le panneau du bout des doigts. Le panneau a bougé d'une fraction de centimètre. Je me suis étirée pour pousser plus fort. L'attrait magyque prenait de l'ampleur. J'ai senti un faible courant chaud contre ma main. Je me suis étirée en grognant doucement pour donner une autre grande poussée.

Le panneau a levé, et je suis lourdement tombée sur le sol.

— Aïe, ai-je marmonné.

J'ai rapidement regrimpé sur le rebord. J'ai entendu les pas de la concierge qui se dépêchait de traverser l'appartement. Puis, elle a fait tourner la poignée pour essayer d'ouvrir la porte.

— Hé! qu'est-ce qui se passe là-dedans? a-t-elle crié tout en martelant la porte de coups. Que faites-vous? Est-ce que ça va?

— Je suis certain qu'elle va bien, a rapidement dit Robbie.

— Alors, sortez de là! a crié la dame en cognant la porte encore plus fort.

Ignore-la, me suis-je dit pendant que mon cœur battait la chamade. J'ai glissé mes doigts par la fente du panneau. J'ai senti un espace vide et une poutre en bois. Puis, mes doigts se sont refermés sur un tissu lisse qui enrobait quelque chose de dur et de rond.

— Sortez de là ou j'appelle la police! a hurlé la dame.

Je n'ai pas hésité. Il s'agissait d'une instance où la magye était nécessaire. Si Hunter l'apprenait, il comprendrait.

— Vous oublierez, ai-je murmuré. Vous ne nous avez jamais vus. Ceci n'est pas arrivé. Vous oublierez.

Aussi simple que ça. Un moment plus tôt, la dame criait et proférait des menaces, l'instant d'après, je l'ai entendue demander à Robbie :

— Vous voulez visiter l'appartement? Vous savez, vous êtes le premier à venir le voir.

J'ai replacé le panneau avant de bondir du rebord en serrant la montre dans ma main. L'appartement 3 doit être situé directement au-dessus de celui-ci, ai-je réalisé. Maeve avait probablement caché la montre sous les lames du parquet. J'ai déplié le tissu en soie verte et j'ai ressenti le murmure d'un sortilège de protection dans l'étoffe. L'écrin de la montre était en or, gravé d'un dessin de nœuds celtiques. Son écran était blanc, ses aiguilles étaient dorées. Un minuscule cabochon de rubis était fixé au bout de la tige de remontoir. Je l'ai regardée, et mes yeux se sont remplis de larmes. Elle représentait tellement de choses pour moi; des choses à la fois merveilleuses et horribles.

Mais le temps n'était pas choisi pour y penser. J'ai fourré la montre dans ma poche et j'ai déverrouillé la porte. Puis, je suis allée chercher Robbie.

— Tu ne croiras pas ce que j'ai trouvé dans la chambre! ai-je dit quand nous étions à environ un pâté de l'appartement. Il faut que tu voies cette montre.

Je me suis apprêtée à la sortir de ma poche.

Robbie marchait d'un pas rapide, les yeux rivés au trottoir.

— Range-la, a-t-il dit.

— Quoi ?

J'ai été surprise par son ton fâché.

— Je ne veux pas la voir, a-t-il aboyé.

Je l'ai fixé du regard.

— Qu'est-ce qui ne va pas ? ai-je demandé. Est-ce à propos de Bree ?

Robbie s'est tourné vers moi, les yeux en feu.

— Non, Morgan. C'est à propos de toi. Qu'est-ce qui s'est passé là-dedans ? D'abord, la vieille dame te criait de sortir de la chambre à coucher. Une minute plus tard, elle ne se rappelait même pas nous avoir vus.

— J'ai jeté un petit sortilège, ai-je dit. J'ai fait en sorte qu'elle oublie.

— Tu as fait quoi ?

— Robbie, il n'y a pas de soucis, ai-je dit. C'était temporaire. Le sortilège s'est déjà estompé.

— Comment le sais-tu ? a-t-il demandé. Comment sais-tu que ce sortilège n'a pas modifié le fonctionnement de son cerveau ? Comment sais-tu qu'elle ne sera pas convaincue qu'elle devient sénile quand elle se souviendra soudain avoir eu un trou de mémoire sur deux personnes ? Pour une personne âgée, ce genre de réalisation est quelque peu bouleversant.

— Je le sais parce que j'ai créé le sortilège, ai-je dit en gardant une voix calme. Pourquoi piques-tu une crise ?

Robbie a paru enragé.

— Tu ne comprends rien, hein ? Tu as joué avec l'esprit de quelqu'un d'autre ! Tu as la chance de posséder ces pouvoirs incroyables et tu en abuses. Comment puis-je être certain que tu ne me feras pas subir le même sort ?

J'ai eu l'impression qu'il m'avait coupé le souffle. Quand j'ai retrouvé la voix, elle était haute perchée et minuscule.

— Parce que je t'ai promis que je ne le ferais pas. Allons, Robbie, nous sommes amis depuis la deuxième année. Tu sais bien que je ne suis pas comme ça. Les circonstances étaient spéciales.

Il m'a regardée comme si j'étais une étrangère, une étrangère qui lui faisait peur.

— La Morgan que je connais ne perturberait pas une pauvre vieille dame. Tu t'es jouée d'elle comme si elle était une marionnette. Et je me sens comme un abruti d'avoir participé à toute cette mascarade. Je me sens sale.

J'ai tenté d'apaiser les papillons dans mon estomac. La situation était grave.

— Robbie, je suis désolée, ai-je dit. Je n'avais pas le droit de t'impliquer là-dedans. Mais cette montre appartenait à Maeve. Il fallait que je la récupère. Penses-tu réellement que je pouvais la laisser là ? Elle appartenait à ma mère. Cela signifie que c'est un droit de naissance.

— Comme ton pouvoir ? a-t-il demandé d'une voix tremblante.

— Oui. Exactement comme mon pouvoir.

De temps à autre, des mots s'échappent de votre bouche avec une certitude calme et résonante qui vous annonce que vous venez d'aboutir à une vérité profonde. Il n'y a aucun moyen de les reprendre ou de les nier. Voilà comment je me sentais à ce moment-là, et Robbie et moi sommes restés immobiles, suspendus dans le temps pour un instant en raison de l'implication horrible de mes paroles.

Maeve avait abandonné sa magye, mais rien sur cette Terre ne ferait en sorte que j'abandonne la mienne.

— Alors, ce droit de naissance…

Je le voyais lutter pour garder le contrôle, pour maîtriser sa voix.

— Il te donne le droit de manipuler une femme que tu ne connais même pas?

— Ce n'est pas ce que j'ai dit!

— Non, mais c'est ce que tu as *fait*. Tu as fait étalage de ton pouvoir. Eh bien, je commence à penser que ton pouvoir n'est peut-être pas une bonne chose.

— Robbie, ce n'est pas vrai! Je…

— Oublie ça, a-t-il dit. Je vais aller voir si je peux prendre part à une autre partie d'échecs. Même si je me fais battre à plate couture, au moins, ce sera par quelque chose que je comprends.

Il a filé sur la 9ᵉ Avenue en me laissant derrière avec la montre de Maeve et l'impression que j'allais être malade.

8

Espion

27 août 1981

Je suis de retour en Écosse depuis près d'une semaine maintenant. Et quel paysage incolore et désolé. Ai-je déjà été heureux ici ? Grania m'a accueilli à la porte avec des bébés querelleurs accrochés à. ses jupes et une liste de plaintes. Il a plu dix jours d'affilée, le chaume du toit a coulé et toute la maison empeste la moisissure. Oh, et la petite Iona faisait une dent : ne pouvais-je pas préparer une teinture pour soulager sa douleur ? C'est étonnant qu'elle ne m'ait pas demandé de faire cesser la pluie. En réalité, Grania ne manque pas de pouvoir. Avant l'arrivée des bébés, elle était une sorcière promet-teuse. À présent, elle est une martyre, et tout me tombe sur le dos. Moins d'une demi-heure s'est écoulée avant que je me réfugie au pub, où j'ai passé la majorité de mon temps depuis mon retour. Je ne peux pas affronter ma propre maison. Je ne peux pas affronter la vie sans Maeve.

La nuit dernière a été la pire de toutes. Les deux petits avaient un virus. Kyle avait la fièvre. Iona ne pouvait pas manger sans vomir. Comme Greer était toujours à Ballynigel, on m'a demandé de diriger un cercle. Je suis rentré à la maison pour y trouver Grania hurlant comme une harpie. Comment avais-je pu la laisser seule avec deux enfants malades? N'avais-je aucun souci pour mes propres enfants? J'ai été incapable de mentir.

— Non, lui ai-je dit. Et je ne me soucie pas de toi non plus, grosse vache.

Elle m'a giflé à ce moment-là, et j'ai failli lui rendre le geste. Je lui ai plutôt dit qu'elle était une mégère et que c'était une corvée de la regarder. Mes mots l'ont fait pleurer, ce qui, bien entendu, m'a fâché davantage. Finalement, je l'ai amenée au lit simplement pour qu'elle cesse de pleurer. C'était horrible. Tout ce que je voulais était de tenir Maeve dans mes bras.

Aujourd'hui, Grania joue le rôle de la victime dans toute la mesure du possible, et je me surprends à espérer pouvoir mettre fin à ses plaintes continuelles une fois pour toutes. Mais pour ce faire, il faudrait que je dise adieu à l'assemblée. Elle demeure la fille de Greer et elle a donc hérité d'un certain statut ici, peu importe, à quel point elle ne le mérite pas.

J'ai tant de rage en moi que tout ce que je vois est cloîtré dans une aura rouge flamme. Je suis furieux que Maeve m'ait rejeté avec une telle complaisance. Furieux contre moi pour avoir épousé Grania quand j'aurais dû savoir que Maeve m'attendait quelque part. Et furieux contre Grania pour avoir l'infortune d'être qui elle est.

Elle vient tout juste de me dire qu'elle sent déjà un enfant grandir en elle après que nous ayons fait «l'amour» la nuit dernière.

— Ce sera un garçon, a-t-elle dit avec une expression pleine d'espoir à rendre malade. Quel nom devrions-nous lui donner?

— Nous l'appellerons Killian, ai-je répondu.

Killian signifie «conflit».

— Neimhich

J'étais reconnaissante que l'appartement soit vide quand je suis rentrée. Je tentais toujours de me remettre des accusations de Robbie. La colère a suivi le choc. Comment avait-il pu croire que je ferais du mal à cette vieille dame? Comment avait-il pu m'accuser aussi horriblement? J'avais présumé que Robbie était assez fort pour ne pas s'énerver face à des choses qu'il ne comprenait pas. Au contraire, il était devenu hystérique. Il n'avait même pas écouté mes explications.

Pourtant, impossible pour moi de ne pas ressentir une pointe — je dirais même davantage qu'une pointe — de culpabilité. Il y avait une part de vérité dans les paroles de Robbie. De plus, j'avais trahi la promesse faite à Hunter de demeurer sous le radar.

J'ai sorti de ma poche la montre que Ciaran avait donnée à Maeve. L'écrin doré a doucement brillé sous la lumière projetée par les fenêtres du salon. J'ai tiré sur la tête en rubis de la tige de remontoir et je l'ai remontée à la bonne heure, dans le sens horaire, tout en sentant la résistance du ressort à l'intérieur. Fonctionnerait-elle après toutes ces années ? Oui, j'ai entendu un tic-tac faible mais régulier.

La montre valait-elle tous ces ennuis ? me suis-je demandé en songeant à ma dispute avec Robbie. Oui. Je n'aurais pas pu laisser la montre dans cet appartement horrible, de la même façon que je n'aurais pas pu laisser le Livre des ombres de Maeve dans la maison de Selene.

Assise les jambes croisées sur le divan du père de Bree, j'ai tenté de m'extirper de l'obscurité. Je n'allais pas perdre Robbie, me suis-je dit. Surtout que j'avais déjà en quelque sorte perdu Bree. Nous avions tous les deux besoin de nous calmer et nous devrions probablement présenter nos excuses, tous les deux. Et Robbie devait réaliser que j'étais la même Morgan qu'il avait toujours connue et en qui il avait toujours eu confiance.

Mais tu n'es plus la même Morgan, a dit une voix en moi. Tu es une sorcière de sang, et seules d'autres sorcières de sang peuvent te comprendre.

Je me suis rappelé à quel point j'avais désiré la montre. Était-ce uniquement parce qu'elle avait appartenu à Maeve? Ou étais-je fascinée par le fait qu'elle était un cadeau de Ciaran, son *mùirn beatha dàn*, l'homme qui était finalement devenu son meurtrier? J'ai senti ma mâchoire se serrer de colère en pensant à lui et j'ai dû m'ordonner de me détendre.

Puis, mes sens ont picoté. Hunter approchait. J'ai pris quelques respirations pour calmer le conflit dans mon cœur. Je n'étais pas prête à discuter de tout ça avec

Hunter, tant parce que je savais qu'il se ran-
gerait du côté de Robbie que parce que je
savais qu'il s'opposerait à ce que je fasse
quoi que ce soit qui soit lié à Ciaran.

J'ai rangé la montre dans ma poche et je
me suis dirigée vers la porte.

— Hé, ai-je dit quand il est entré.
Comment s'est passé le reste de ta journée?

Hunter m'a tirée vers lui.

— Spectaculairement minable. Et la
tienne?

— Couci-couça. Tu n'as pas trouvé
l'immeuble?

— Pas encore, non. Je vais poursuivre
ma recherche. Je voulais seulement passer
pour te dire que je ne serai pas là durant le
cercle de ce soir.

Hunter a arqué un sourcil blond.

— Il y a quelqu'un d'autre ici?

— Non. Seulement toi et moi.

— Déesse merci, a-t-il dit.

Il m'a serrée fort dans ses bras, et j'ai
ressenti la transformation familière qui
s'opérait quand nos énergies s'harmoni-
saient en un synchronisme parfait.

— Hum, ai-je fait. Ça fait du bien. Je pense que j'en ai assez avec les expériences de groupe.

Hunter a éclaté de rire.

— Tu ne t'attendais pas à ce que nous nous tombions sur les nerfs en habitant dans des lieux aussi exigus? Essaie de grandir au sein d'une assemblée où tout le monde est capable de lire tes émotions depuis le jour de ta naissance. Il y a une bonne raison pour laquelle New York regorge de sorcières ayant fui la maison.

Il a retiré son blouson, puis il s'est dirigé vers la cuisine. Je me suis servi un Coke diète du réfrigérateur.

Hunter a plissé le nez.

— Comment peux-tu boire ce truc infect?

— C'est délicieux. Et nutritif.

— Ça prend bien toi pour le croire, a-t-il sombrement dit avant de soupirer. Je me retrouve devant un mur de briques, Morgan. Killian était là et maintenant, il a disparu. J'ai… quelle est l'expression, déjà? Fait chou blanc.

— Donné un coup d'épée dans l'eau? ai-je suggéré avec obligeance.

— Peu importe. Aucune trace de lui nulle part. C'est comme s'il n'avait jamais existé.

Hunter a laissé l'eau du robinet du lavabo couler pour se servir un verre.

— Je ne l'ai pas imaginé, n'est-ce pas?

— Si c'est le cas, nous avons eu la même hallucination arrogante.

Hunter a fait un rictus en coin.

— Tu ne l'as pas trouvé... attirant?

— Non, ai-je dit en réalisant avec une certaine surprise que j'étais totalement honnête, que je n'essayais pas d'épargner les sentiments de Hunter. Je l'ai bien aimé. Je l'ai trouvé amusant. Mais il semblait aussi imbu de sa personne.

— À mes yeux, c'est un casse-pieds, mais ça ne signifie pas qu'il ne mérite pas qu'on lui sauve la vie.

— Quelle grandeur d'âme, l'ai-je taquiné, mais l'inquiétude dans ses yeux m'a effrayée. Tu crois qu'Amyranth a déjà mis le grappin sur lui, n'est-ce pas?

Il n'a pas répondu, mais il a serré les lèvres.

— Écoute, pourquoi ne pas simplement remettre le cercle de ce soir? ai-je suggéré. Nous pourrions tous t'aider dans ta recherche.

La réponse de Hunter a été aussi rapide que ferme.

— Non. Surtout à présent que nous savons Ciaran impliqué. Je veux que tu restes à l'écart de tout ça, dans la mesure du possible.

— Crois-tu qu'il connaît déjà mon existence? Je veux dire, que Maeve et Angus ont eu une fille.

Hunter a pris un air tout à fait misérable.

— Mon Dieu, j'espère que non.

J'ai pris quelques inspirations profondes et j'ai fait de mon mieux pour chasser mon effroi.

J'ai senti la main de Hunter se fermer sur mon poignet.

— Je dois partir bientôt. Mais d'abord…
viens avec moi. J'aimerais seulement… que
nous soyons ensemble un moment.

J'ai hoché la tête. Nous nous sommes
dirigés vers la chambre d'invités pour nous
coucher sur mon matelas étroit. J'ai laissé
Hunter me tenir dans ses bras sans me
serrer. J'aurais voulu l'étreindre pour
chasser tout le désespoir et la peur qui
filaient en moi. Je n'aurais jamais voulu le
relâcher.

— Nous ne pouvons pas nous étreindre
pour toujours, tu sais, a-t-il dit en faisant
écho à mes pensées.

— Pourquoi pas ? ai-je demandé.
Pourquoi ne pouvons-nous pas rester ici et
nous protéger ?

Il a déposé un baiser sur le bout de mon
nez.

— D'abord, je suis un investigateur.
Ensuite, ni toi ni moi ne pouvons nous
porter garants de la sécurité de l'autre,
même si nous aimerions pouvoir le faire.

Il m'a embrassée à nouveau, sur la bouche cette fois. Je sentais son cœur battre contre le mien. Un jour, ai-je pensé, quand tout ceci sera terminé, nous pourrons être ensemble ainsi tout le temps. Au chaud, près l'un de l'autre.

Un jour.

Quand j'ai eu terminé de me changer, de disposer les bougies et le sel et de purifier le salon avec la fumée du cèdre et de la sauge, Hunter était parti et les autres étaient de retour à l'appartement.

Pendant que Bree et Robbie semblaient garder leurs distances, Sky et Raven étaient revenues ensemble. Les paquets ont été rangés. Nous avons discuté de nos plans pour la soirée. Lorsque tout le monde a enfin été prêt, nous nous sommes réunis dans le salon pour notre cercle. C'était étrange de se trouver dans un cercle sans Jenna, Matt, Ethan, Sharon et les autres membres de Kithic. Je me suis brièvement demandé ce qu'ils faisaient à Widow's Vale.

Comme Sky était la seule sorcière initiée parmi nous, elle allait diriger le cercle. Mais d'abord, à la demande de Hunter, j'ai donné à tous les dernières nouvelles à propos de Killian.

— Travaillons sur un sortilège pour lever les obstacles et envoyer du pouvoir à Hunter, a suggéré Sky.

Nous avons déplacé les quelques meubles du salon contre les murs et nous avons roulé le tapis. Sky a tracé un grand cercle à la craie sur le plancher en bois franc. Sur chacun des points du compas, elle a placé un des quatre éléments : un petit bol d'eau pour représenter l'eau, un bâton d'encens pour l'air, un cristal pour la terre et une bougie pour le feu. Un à la fois, nous sommes entrés dans le cercle.

— Nous nous réunissons pour rendre hommage à la Déesse et à Dieu, a-t-elle commencé. Nous demandons leur aide et leur conseil. Que notre magye soit pure et forte et qu'elle soit utile à ceux dans le besoin.

Nous avons joint les mains, puis nous nous sommes concentrés sur notre respiration individuelle. Je me tenais entre Bree et Robbie. J'ai ouvert mes sens. J'ai ressenti la présence familière des autres, leurs battements de cœur. Ils étaient tous précieux à mes yeux, ai-je réalisé. Même Raven. Le cercle faisait de nous des alliés contre les ténèbres.

Lentement, nous nous sommes déplacés dans le sens des aiguilles d'une montre. J'ai senti le pouvoir se mouvoir en moi. Je puisais de l'énergie de la terre et du ciel.

Sky nous a demandé de visualiser la rune Thorn pour combattre l'adversité. Puis, elle a dirigé un chant pour lever les obstacles. Le cercle s'est mis à bouger plus rapidement. Je pouvais sentir l'énergie fredonner, s'élever et circuler entre nous en gagnant en force. Le visage pâle de Sky était rayonnant en raison de la pureté du pouvoir qu'elle canalisait. Elle a tracé un *sigil* dans les airs, et j'ai senti le pouvoir s'élever au-dessus du cercle.

— Pour Hunter, a-t-elle dit.

L'air a changé de façon abrupte. Le ronronnement du pouvoir était parti. Soudain, nous ressemblions à un groupe d'adolescents debout dans un appartement de New York plutôt que les êtres de pouvoir que nous avions été l'instant d'avant.

— Bon travail, a dit Sky d'un ton qui semblait satisfait. Assoyez-vous un moment tout le monde. Retrouvez votre centre.

Nous nous sommes tous assis sur le sol.

— Quelque chose de réel est arrivé, a dit Robbie.

Bree a paru inquiète.

— Comment savoir si l'énergie s'est rendue à Hunter et n'a pas été interceptée par des Woodbane?

— Je l'ai scellée avec un *sigil* de protection avant de l'envoyer, a répondu Sky.

— Alors, maintenant, il devrait être en mesure de voir Killian? a demandé Raven.

Sky a haussé ses épaules minces.

— Il n'y a aucune garantie, bien entendu. Killian semble posséder un don pour s'éclipser. Mais espérons que ce que nous venons de faire facilitera un peu le travail de Hunter.

Elle a jeté un coup d'œil à la ronde.

— Nous ferions mieux de tout nettoyer.

Pendant les vingt minutes qui ont suivi, nous avons nettoyé et débattu de ce que nous ferions du reste de notre soirée. Raven souhaitait se rendre à une autre boîte de nuit — normale et sans sorcellerie, cette fois-ci —, alors que Robbie voulait aller entendre un groupe obscur qui se produisait dans Tribeca et Bree voulait se rendre à une salle de billard branchée près de Battery Park. Moi, bien entendu, je me demandais si Hunter allait rentrer plus tôt, mais j'avais peur de passer pour une mauviette en le disant à voix haute. Et j'étais fatiguée. J'ignorais si c'était en raison de ma dispute avec Robbie ou du cercle, mais je me sentais vidée.

Nous tentions toujours de prendre une décision quand la porte de l'appartement s'est ouverte et que Hunter est entré en agrippant le coude de Killian d'une main. Killian avait l'air maussade alors que Hunter paraissait énervé. Il était évident que Killian n'était pas là de son propre accord.

Nous devions tous le regarder d'un air béat, car l'expression maussade de Killian s'est soudain transformée en joie. Il nous a adressé un grand sourire avant de dire :

— Je suis plutôt incroyable, n'est-ce pas ?

— Est-ce que ça va ? lui ai-je demandé, incapable de réconcilier cette présence joyeuse avec le Killian de ma vision.

— En pleine forme, a répondu Killian. Et toi, ma belle ?

Il a pointé Hunter du pouce.

— Ça ne doit pas toujours être drôle d'être en compagnie de monsieur fin du monde ici. Il aspire toute la joie de la vie.

— Ferme-la et assieds-toi, a dit Hunter d'un ton sec.

Killian s'est d'abord servi une boisson gazeuse dans le réfrigérateur avant de se laisser tomber sur le divan.

— Il était dans Chelsea, a dit Hunter, caché dans un immeuble d'appartements abandonné.

— Qui a dit que je me cachais ? a protesté Killian. Je voulais seulement passer du temps seul. Personne ne t'a demandé d'y faire irruption, investigateur.

— Aurais-tu préféré que ton père t'y trouve le premier ? a demandé Hunter d'un ton brusque.

Killian a haussé les épaules avec une désinvolture exagérée.

— Pourquoi devrais-je être inquiet que mon père me trouve ? Pourvu qu'il n'essaie pas de m'envoyer tôt au lit.

Il a levé la main pour interrompre Hunter qui s'apprêtait à parler.

— Et, je t'en prie, plus d'histoire idiote sur le fait qu'il cherche à puiser mon pouvoir. Honnêtement, d'où tires-tu cette information ? C'est à ça que le Conseil occupe son temps — à rêver à des théories de conspiration stupides ?

Je n'y comprenais rien. Ma vision avait-elle été erronée ? Ou est-ce que Killian avait été tenu prisonnier quelque part et avait réussi à s'évader ? Killian était-il assez puissant pour manipuler mon présage ?

Hunter a jeté un regard à Bree.

— Crois-tu que ton père serait ennuyé si Killian passait la nuit ici ?

— Je suppose que non, a dit Bree même si elle ne semblait pas enchantée à cette idée.

— Bien, a dit Hunter. Il pourra dormir dans le salon avec Robbie et moi.

— Oh joie, a fredonné Killian.

Robbie a déniché un autre sac fourre-tout vert dans la montagne de matériel du salon et le lui a jeté. Killian a attrapé le matelas gonflable avant de le placer sur le plancher pour fixer son regard sur Raven.

— Je savais que nous allions nous revoir. Que dirais-tu d'aller prendre une pinte avec moi afin que nous apprenions à mieux nous connaître?

— Ça suffit, a dit Sky.

Killian a haussé les épaules avant de m'adresser un grand sourire.

— Tu fréquentes toute une bande de susceptibles. Tout le monde s'offusque tout le temps. Es-tu aussi grave qu'eux?

— Essaies-tu de nous monter l'un contre l'autre? ai-je demandé sans être en mesure de réunir l'indignation que mes paroles exigeaient.

Il y avait quelque chose en lui qui me charmait. J'avais l'impression que nous étions des conspirateurs. C'était un sentiment complètement étranger, mais que j'appréciais.

Killian m'a adressé un sourire encore plus grand.

— Eh bien, cela ajouterait une touche de drame.

— Oh, je pense que tu as déjà bien assez de drame dans ta vie, a dit Hunter. De toute façon, tu n'iras nulle part ce soir. J'ai travaillé trop fort pour te trouver, je ne prendrai pas le risque de te voir fuir ou capturé.

— Comme si tu comprenais quoi que ce soit dans tout ça, a dit Killian avec mépris.

— Pourriez-vous nous excuser une minute ? ai-je dit en faisant signe à Hunter et à Sky de me suivre dans le bureau pour tenir une courte réunion.

— Je pense que vous devriez tous sortir pour me laisser seule avec Killian, ai-je dit.

— Es-tu folle ? a demandé Hunter.

— Lui et moi, nous… nous sommes sur la même longueur d'onde, ai-je dit. Je ne comprends pas pourquoi, ai-je ajouté rapidement, mais il ne flirte pas avec moi comme il le fait avec Raven. Bree et Sky ne l'aiment pas, tout simplement. Et Hunter, lui et toi ne faites que vous agacer. Je pense que je pourrais l'amener à parler si vous nous laissez seuls.

— C'est trop dangereux… a commencé Hunter.

— Je sais qu'il est casse-pieds, ai-je dit, mais je ne sens aucun danger réel de sa part.

— Morgan peut se débrouiller, tu sais, a dit Sky. Et c'est vrai. Killian n'adopte pas la même attitude antagoniste avec elle alors que je pense que le reste d'entre nous pourraient l'étrangler avec joie.

— D'accord, a finalement acquiescé Hunter. Mais je vais rester dans le café de l'immeuble. Si tu sens quoi que ce soit de dangereux ou de moindrement louche, envoie-moi un message immédiatement.

J'ai donné ma parole à Hunter, et cinq minutes plus tard, Killian et moi nous sommes retrouvés seuls dans l'appartement. Nous nous sommes assis chacun à une extrémité du divan à nous observer. J'ai tenté de comprendre pourquoi j'aimais bien une personne aussi odieuse. Il ne s'agissait pas d'une attirance sexuelle. C'était une attirance d'un tout autre ordre, même si elle était aussi forte. Malgré le fait qu'il était clairement immoral et imbu de lui-même, il y avait quelque chose d'étrangement aimable chez Killian. Peut-être était-ce le fait qu'il paraissait sincèrement bien m'aimer.

— Est-ce que ça va ? a-t-il demandé.

La gentillesse dans sa voix m'a prise par surprise.

— Pourquoi ça n'irait pas ?

— Je ne sais pas, a dit Killian. Je ne te connais pas très bien, n'est-ce pas ? Mais j'ai l'impression que tu te sens plus faible que d'habitude. Épuisée, peut-être.

Sois sur tes gardes, me suis-je dit.

— Je suis simplement fatiguée, ai-je dit.

— Bien sûr. La journée a été longue.

Il a jeté un coup d'œil sur le sac fourre-tout vert posé sur le sol.

— Je suppose que je pourrais me coucher, bien me comporter et faire plaisir à l'investigateur.

— Il essaie seulement de te protéger, ai-je dit.

Il y a eu un éclair de colère dans les yeux foncés de Killian.

— Je n'ai jamais demandé sa protection.

— Tu en as pourtant besoin, ai-je dit. Ton propre père essaie de te tuer.

Killian a agité la main.

— L'investigateur déblatérait sur le même sujet. Laisse-moi te dire quelque chose, d'accord? Il y a peu de risque que mon père s'attaque à moi. Il a bien d'autres chats à fouetter, comme dirait le dicton.

Killian s'est tourné pour jeter un regard vers la cuisine.

— Changement de sujet, s'il y a une chose qui manque aux États-Unis, c'est bien un bon endroit pour déguster une assiette de poisson-frites. Ça serait vraiment bon en ce moment, en fait.

— Pas de chance, ai-je dit d'un ton irrité. Revenons à notre sujet. Ton père est le chef d'Amyranth?

Killian s'est avancé vers la fenêtre. Il a appuyé les paumes contre le rebord pour scruter l'obscurité.

— Mon père est une sorcière très puissante. Je respecte son pouvoir. Je serais un damné idiot si je ne le faisais pas. Je ne me tiens pas dans son chemin. Il n'a aucune raison de désirer ma mort.

Il n'a pas répondu à la question, ai-je remarqué avec intérêt.

— Et ta mère? ai-je demandé.

Killian a éclaté d'un rire sans joie avant de se tourner vers moi.

— Grania? La vieille possède des générations de magye dans son sang, mais est-ce qu'elle l'apprécie? Pas du tout. Son vrai pouvoir est de jouer la victime. Peu importe ce qui arrive, elle souffre. De façon noble, dramatique, et avec force. Laisse-moi te dire que je comprends parfaitement pourquoi mon père a quitté la maison. J'étais impatient de la quitter moi-même.

— Alors, tu es venu à New York pour être avec lui?

— Non, a-t-il dit. Je savais qu'il se trouvait ici, bien sûr. Et il existait certains… liens dans la ville pour moi en raison de lui. Mais papa est un salopard sans cœur. Nous ne sommes pas exactement proches.

Il a bu les dernières gouttes de sa boisson gazeuse, puis il m'a regardée.

— Et toi? Quelle est ton histoire?

J'ai haussé les épaules. Je ne voulais pas mentir à mon sujet, mais je savais que je ne pouvais pas lui raconter ma vraie histoire.

— Tu es une sorcière de sang, a-t-il affirmé.

J'ai hoché la tête. Impossible de lui cacher cela.

— Très puissante : je peux le sentir, a-t-il poursuivi. Et pour des raisons totalement obscures à mes yeux, tu es très éprise de cet investigateur ennuyant.

— Ça suffit, ai-je dit d'un ton sec.

Killian a ri.

— Bien. J'ai découvert assez rapidement un sujet que tu préfères éviter, n'est-ce pas?

— Es-tu toujours aussi amusant ? ai-je demandé, irritée.

Killian a posé une main sur le cœur avant de lever les yeux vers le plafond.

— Que les dieux me foudroient, a-t-il dit avec une fausse solennité. Toujours.

— Si tu ne fuyais pas ton père, qui fuis-tu ? ai-je demandé, incapable de baisser les bras. Et ne me dis pas que tu ne fuyais pas.

Il m'a regardée à nouveau. Soudain, l'hilarité a quitté ses yeux.

— OK, a-t-il dit en se penchant vers l'avant. Voilà l'histoire. Je ne crois pas vraiment que l'investigateur a raison de croire que je suis une cible d'Amyranth, a-t-il poursuivi d'une voix étouffée. Par contre, il est vrai qu'Amyranth ne me porte pas trop dans son cœur. Tu vois, j'ai pratiquement joint l'assemblée. Je ne suis jamais passé par l'initiation, mais j'ai été suffisamment initié pour apprendre certains des secrets de l'assemblée — en fait, les moins importants. Puis j'ai… j'ai décidé que je ne voulais pas devenir membre. Mais Amyranth n'est pas le genre d'assemblée qu'il est possible de quitter. Et papa a pris ma fuite comme une attaque personnelle.

— On dirait que ça prend du courage pour partir, ai-je dit en réalisant que je commençais sincèrement à me soucier de lui. Qu'est-ce qui t'a amené à prendre cette décision ?

Killian a de nouveau haussé les épaules avec désinvolture.

— Je n'étais pas très enthousiaste par rapport au programme.

— Pourquoi pas ?

J'avais enfin l'impression que nous aboutissions quelque part.

Mais il s'est contenté de me faire un clin d'œil.

— Trop de devoirs, a-t-il dit en riant. Cela me prenait tout mon temps. New York, c'est la foire. Tu ne crois pas que c'était une perte de temps de passer tout ce temps avec une assemblée qui me donnait l'impression de jouer dans une production de piètre qualité de la pièce *Macbeth* ?

Je n'étais plus en mesure de savoir si Killian était honnête ou s'il se jouait de moi.

— Je pense…

Je n'ai jamais terminé ma phrase, car soudain mes sens de sorcière ont déclenché l'alerte rouge, la sirène criarde. Killian a aussi ressenti quelque chose. Il s'est levé instantanément, et ses yeux ont parcouru l'appartement.

— Qu'est-ce qui se passe ? ai-je murmuré.

L'impression de menace imminente était si forte que je la ressentais presque physiquement.

— Quelqu'un tente de pénétrer dans l'appartement, a-t-il dit.

J'ai immédiatement envoyé un message à Hunter. Puis, j'ai couru vers le moniteur vidéo dans le couloir et j'ai appuyé sur le bouton pour parler au portier.

— Quelqu'un est entré ? ai-je demandé en tentant de garder une voix calme. Avez-vous envoyé quelqu'un à cet appartement ?

— Je n'ai rien à faire de ces conneries, a marmonné Killian.

Il a jeté un coup d'œil par le judas pour effectuer un balayage visuel du couloir.

— Il n'y a personne, m'a-t-il informée un instant plus tard.

Son visage était pâle.

— Mais quelqu'un nous a résolument dans la mire. Une personne hostile.

Il y a eu un grand coup dans la fenêtre du salon, et j'ai dû bondir de près d'un demi-mètre dans les airs. Killian et moi nous sommes tournés. J'ai brièvement eu l'impression d'apercevoir un mouvement de plumes.

— Oh, Dieu merci! ai-je dit, affaiblie par le soulagement. Ce n'était qu'un pigeon. Je croyais que quelqu'un grimpait à la fenêtre.

La porte d'entrée s'est brusquement ouverte, et Hunter est surgi dans l'appartement.

— Qu'est-ce qu'il y a? a-t-il demandé le souffle court.

J'ai accouru vers lui.

— Il y a quelqu'un là, ai-je dit en résistant au désir d'enfouir mon visage contre sa poitrine. Quelqu'un nous regarde.

— Quoi?

Il a écarquillé les yeux.

— Raconte-moi ce qui est arrivé.

Les mots se sont bousculés, et je lui ai raconté comment Killian et moi avions tous les deux ressentis une attention hostile sans être capable de déterminer d'où elle venait ou qui était à son origine. Killian est demeuré silencieux en se contentant de hocher la tête çà et là. Son visage était demeuré pâle, mais j'ai estimé que c'était normal après l'énergie que nous avions sentie.

Hunter s'est mis à parcourir l'appartement d'un air sombre. J'ai senti qu'il avait complètement projeté ses sens, et j'ai ressenti quelque chose d'autre — probablement un sortilège d'investigateur qu'il utilisait pour amener le danger à se dévoiler.

— Rien, a-t-il dit en revenant dans le salon. Ce qui ne signifie pas qu'il n'y avait pas une présence très réelle qui tentait d'entrer ici. Seulement, peu importe ce que c'était, elle est disparue.

Il s'est tourné vers Killian.

— As-tu remarqué quoi que ce soit d'autre qui pourrait nous aider ?

Killian a secoué la tête.

— Non. Rien, a-t-il dit d'un ton presque fâché.

Il a brusquement ajouté :

— Écoute, je suis crevé. Je vais aller dormir.

En ignorant le matelas gonflable, il s'est étendu sur le divan et s'est roulé pour nous tourner le dos.

Un instant plus tard, la porte s'est ouverte de nouveau, et le reste du groupe est entré dans l'appartement. Apparemment, ils s'étaient rendus à une boîte de nuit où un groupe terrible se produisait et où les autres clients étaient dans la cinquantaine. S'est ensuivie une discussion bruyante à savoir qui avait eu cette mauvaise idée. Pendant tout ce temps, Killian est demeuré couché sur le divan, les yeux fermés. Il semblait dormir, même si je ne voyais pas comment c'était possible étant donné le niveau de bruit dans la pièce.

Après un moment, je me suis retirée dans la chambre d'invités pour me mettre au lit. La journée avait été longue, et malgré tout ce qui me trottait dans la tête, je me suis rapidement endormie.

Quand je me suis réveillée peu avant 10 h le lendemain, j'ai entendu Hunter jurer.

Killian avait disparu.

9

Liens

11 novembre 1981

Je pensais que ça deviendrait moins difficile. Le temps n'est-il pas censé arranger les choses? Et si ce n'est pas du temps, qu'en est-il des rituels de guérison pratiqués par notre clan depuis des centaines d'années?

Pourquoi aperçois-je le visage de Maeve quand je suis éveillé, quand je dors et quand je suis au lit avec Grania? Maeve, derrière chaque porte, à chaque coin, dans chaque invocation à la Déesse. Ce monde ne m'offre plus de joie. Même mes propres enfants ne peuvent susciter mon intérêt très longtemps, et c'est probablement une bonne chose. Quand je me laisse aller à les regarder réellement, je vois en eux les raisons qui ont poussé Maeve à me rejeter. Si ce n'était d'eux, elle et moi, nous serions ensemble à l'heure qu'il est. Je ne peux pas l'oublier. Et je ne peux pas l'avoir. Et ma rage ne décline pas.

C'est drôle. De tous les gens qui auraient pu le deviner, c'est la vieille et grosse Greer qui a vu ce qui arrivait. Elle n'a pas mâché ses mots.

— Ton âme est à rendre malade et ton cœur se flétrit, m'a-t-elle dit. Il y a une énergie noire et tordue en toi. Alors, utilise-la, mon garçon.

Dans les premiers temps, j'étais fou de douleur. Je n'ai pas compris ce qu'elle voulait dire. Ce n'était pas difficile à comprendre cependant. Qui est mieux placé pour faire appel à la magye noire qu'une personne dont l'âme est plongée dans les ténèbres?

— Neimhich

Hunter regardait un ciel hivernal de plomb par la fenêtre du salon, la mâchoire serrée sous le coup de la frustration. Raven dormait toujours et Robbie était sorti acheter des bagels.

Bree était assise en tailleur sur le plancher du salon, en posture de yoga.

— Écoute, je sais que tu essaies de protéger Killian, mais personnellement, je ne crois pas que sa disparition soit une si grande perte.

Depuis le divan, Sky a acquiescé :

— Je suis plutôt d'accord.

Les yeux de Hunter se sont concentrés sur moi.

— J'aimerais passer en revue ce qui est arrivé hier soir quand Killian et toi avez senti cette présence hostile. Je sais que tu crois m'avoir tout dit, mais raconte-moi tout de nouveau. Même les plus infimes détails, même s'ils te paraissent insignifiants.

Je me suis assise sur le divan.

— Nous étions dans le salon, en train de discuter, quand nous avons tous les deux ressenti une présence. Killian a dit que quelque chose tentait de pénétrer dans l'appartement. Je t'ai envoyé ce message, et nous avons tous les deux fouillé à l'aide de nos sens. Puis, je suis allée à l'interphone pour demander au portier s'il avait vu quelqu'un. Killian a balayé le couloir du regard. Puis, nous avons entendu dans la fenêtre un grand coup qui nous a presque fait mourir de peur…

— Tu n'a pas parlé d'un coup hier soir, a brusquement dit Hunter.

— Parce que ce n'était rien. Seulement un pigeon. Puis, tu es arrivé tout de suite après.

Hunter a froncé les sourcils.

— Un pigeon ?

— Quoi ? ai-je dit. Qu'est-ce qui ne va pas ?

— Les pigeons ne sont pas nocturnes, a dit Hunter.

Il paraissait tendu.

— Qu'as-tu vu exactement ?

J'ai senti une pointe d'alarme.

— Hum, c'était embrouillé. Des plumes. Brunes et grises, je pense. D'environ cette taille.

J'ai tenu mes mains pour esquisser la taille d'un gros cantaloup.

— C'est trop gros pour être un pigeon, a instantanément dit Hunter. J'ai le sentiment qu'il s'agissait d'un hibou.

Ma bouche est devenue sèche.

— Tu veux dire…

Il a hoché la tête.

— Je veux dire un des membres d'Amyranth ayant changé de forme.

Il y a eu un long silence. J'ai tenté de calmer les papillonnements de terreur dans mon estomac.

— À tout le moins, nous pouvons être raisonnablement certains que Killian est bel et bien leur cible, a dit Hunter. De toute évidence, Amyranth l'a suivi ici.

— Il le savait, ai-je dit en comprenant soudain pourquoi Killian avait atténué la portée de l'incident du « pigeon ». Il ne nous l'a pas dit, mais je suis certaine qu'il savait exactement de quoi il s'agissait.

Hunter a expiré longuement.

— À présent, la question est de savoir si Killian est parti de lui-même ou si Amyranth a réussi à l'enlever d'une manière ou de l'autre. Mais le résultat est le même. Nous devons le trouver avant qu'il ne lui arrive quelque chose.

J'ai songé à la montre de Ciaran en me demandant si nous pouvions l'utiliser de quelque façon pour déterminer où se trouvait Ciaran.

— Hunter, ai-je dit, nerveuse. Je dois te montrer quelque chose. Viens avec moi un instant.

Bree et Sky m'ont jeté un regard interrogateur pendant que Hunter me suivait dans la chambre d'invités. En souhaitant avoir été franche avec lui depuis le début, j'ai sorti la montre de la poche de mon manteau pour la lui tendre.

Il a soulevé un sourcil blond en déballant l'étui en soie verte.

— Où as-tu trouvé ça ? a-t-il demandé.

Je ne pouvais rien lire dans ses yeux.

Je lui ai raconté toute l'histoire à ce moment-là.

Hunter m'a silencieusement écoutée. Puis, pendant un moment interminable, il s'est contenté de me regarder. Nul besoin de faire appel à mes sens de sorcière pour savoir que je l'avais déçu — en agissant sans réfléchir, en faisant tout ça sans le lui dire, surtout après avoir découvert que Ciaran était le chef d'Amyranth.

— Je suis désolée, ai-je dit. J'aurais dû te le dire.

— Oui. Tu aurais dû, a-t-il d'un ton las. Néanmoins, la montre pourrait être d'une aide précieuse. Voyons si elle peut nous aider.

Il a remonté la montre en tournant la tige à quelques reprises.

— Comme tu es liée à Maeve et que cette montre lui appartenait, tu dois la tenir.

J'ai pris la montre et l'ai tenue dans ma main. De façon intuitive, nous nous sommes tous les deux plongés dans un état méditatif en nous concentrant sur le rythme du tic-tac de la montre.

Hunter a chanté quelques paroles en gaélique.

— Un sortilège pour rendre visibles les énergies de ceux pour qui la montre était précieuse, a-t-il expliqué.

Autour de l'écrin doré de la montre, j'ai senti de la chaleur et une bouffée de tendresse l'envelopper, que j'ai reconnue comme étant l'énergie de ma mère.

— Maeve a chéri cette montre, ai-je dit à Hunter.

Il a dessiné une rune dans les airs, et j'ai reconnu Peorth, la rune pour révéler ce qui est caché.

— Quoi d'autre ? a-t-il demandé.

Il y a eu un éclat sur la surface de l'écrin doré et brillant. Une parcelle de vert. Les grands yeux verts de Maeve, puis ses cheveux brun-roux. J'ai senti ma gorge se serrer sous les larmes. La dernière fois que j'avais eu une vision de Maeve, elle était prisonnière d'une grange en flammes. Elle se mourait.

Ici, je la voyais debout dans un grand champ, les yeux brillant de joie et d'amour. L'image a changé. Cette fois-ci, je voyais Maeve dans ce qui devait être sa chambre à coucher. Un petit endroit sous un avant-toit où un lit étroit était couvert d'une courte-pointe aux couleurs éclatantes. Maeve s'y tenait, vêtue d'une robe de nuit blanche, admirant la Lune par la fenêtre, une expression d'attente sur son visage. J'étais persuadé qu'elle pensait à Ciaran.

Maintenant, montre-moi Ciaran, ai-je silencieusement imploré la montre. Mais il n'y avait que Maeve, et son image s'est affichée un moment avant de disparaître.

J'ai levé les yeux vers Hunter.

— Ça ne nous aide pas beaucoup, je crains. C'était seulement ma mère avant ma naissance.

— Est-ce que ça va ? m'a-t-il demandé.

J'ai hoché la tête avant d'emballer la montre dans la soie verte et de la ranger dans la poche de mon manteau.

— Eh bien, je peux essayer une dernière chose, a dit Hunter.

Il a saisi ce qui ressemblait à une carte à jouer de la poche arrière de son pantalon. Cependant, la carte affichait l'image de la Vierge Marie, entourée d'un halo doré à pointes, et d'un ange au-dessus d'elle.

— La Vierge de la Guadeloupe, a expliqué Hunter. Quand j'ai finalement trouvé Killian dans l'immeuble abandonné hier soir, j'ai trouvé cette carte avec lui. J'ai retracé sa source.

— Hein?

Je ne comprenais pas du tout où il voulait en venir.

Hunter a souri.

— Tu veux m'accompagner pour voir où il l'a obtenue?

Soudain, ma journée a paru plus éclatante. J'allais la passer en compagnie de Hunter!

Nous avons tenu une brève causerie dans le salon au sujet de nos plans pour la journée. Sky et Raven allaient se rendre aux Cloîtres. Bree et Robbie n'avaient pas encore pris de décision. Nous allions nous retrouver ce soir-là et nous payer un repas dans un bon restaurant.

Hunter et moi avons traversé la ville pour gagner West Village. Hunter m'a guidée vers une petite boutique située juste à l'ouest de la rue Hudson. La vitrine était un fouillis de bougies placées dans des pots colorés, de croix, de rosaires, de statues de différents saints, de cristaux miroitants, d'herbes, d'essences et de poudres. Nous avons pénétrés à l'intérieur où l'air embaumait un mélange étrange : arbre à encens et romarin, musc et myrrhe.

— C'est bizarre, ai-je murmuré à Hunter. On dirait un croisement entre un dépôt de marchandises d'église et une boutique wiccane.

— La dame qui gère cette boutique est une *curandera*, a expliqué Hunter à voix basse. Une sorcière blanche mexicaine. La sorcellerie de l'Amérique centrale incorpore de nombreux symboles du christianisme dans la Wicca.

Il a sonné la cloche sur le comptoir. J'ai écarquillé les yeux en apercevant une belle femme aux cheveux foncés sortir de l'arrière-boutique. C'était la sorcière de la boîte de nuit ; celle qui m'avait dit que je devais soigner mon propre cœur.

— *Buenos días*, a-t-elle dit.

Ses yeux se sont attardés sur moi, et pendant un instant silencieux, nous nous sommes reconnues et saluées.

— Comment puis-je vous aider?

Hunter lui a tendu la carte de la Vierge.

— Est-ce que cette carte vient de votre boutique?

Elle l'a étudiée un moment avant de lever les yeux vers lui.

— *Sí*. Parfois, je la donne aux gens ayant besoin de protection. Comment l'as-tu retracée jusqu'à moi?

— Elle transporte le motif de votre énergie.

— La majorité des sorcières ne pourraient pas le déceler, a-t-elle dit. Je jette des sorts sur mes cartes pour empêcher que leur origine soit retracée.

Elle l'a observé avec plus d'attention.

— Tu fais partie du Conseil?

Il a hoché la tête.

— Je suis à la recherche d'une sorcière du nom de Killian. Je pense qu'il est en danger.

— Celui-là, il est toujours en danger, a-t-elle dit, mais j'ai soudain lu une grande prudence dans ses yeux.

— Savez-vous où il se trouve? a demandé Hunter.

Elle a secoué la tête sans dire un mot.

— Si vous le voyez, a dit Hunter, pourriez-vous communiquer avec moi ?

Elle l'a de nouveau observé, et j'ai eu l'impression qu'elle le lisait comme elle m'avait lue.

— Oui, a-t-elle enfin dit. Je vais vous appeler.

Hunter a hésité avant d'ajouter :

— Savez-vous quoi que ce soit au sujet d'Amyranth ?

— *Brujas !* a-t-elle lancé en frissonnant. Ils vouent un culte aux ténèbres. Tu ne veux pas t'en approcher.

— Nous croyons qu'ils ont peut-être capturé Killian, a dit Hunter.

Un éclair illisible est passé dans ses yeux. Puis, elle a griffonné un nom sur un morceau de papier qu'elle a remis à Hunter.

— Elle a déjà eu la malchance d'être la maîtresse du chef d'Amyranth. Elle est prisonnière de la terreur depuis ce jour. J'ignore si elle acceptera de te parler, mais tu peux toujours essayer. Montre-lui ma carte.

— Merci, a dit Hunter.

Nous nous sommes retournés pour sortir.

— Il y a quelque chose que tu remets à plus tard, investigateur, a dit la dame.

Hunter s'est retourné vers elle, surpris.

— Fais-le maintenant, l'a-t-elle incité. N'hésite pas. Sinon, il pourrait être trop tard. *Comprende ?*

J'étais déconcertée, mais Hunter a écarquillé les yeux.

— Oui, a-t-il lentement dit.

— Attends. J'ai quelque chose qui pourrait t'aider.

La dame est disparue en arrière-boutique avant de réapparaître, tenant ce qui ressemblait à une grosse gousse.

— Tu sais quoi faire avec ceci ? a-t-elle demandé.

— Oui, a redit Hunter, et son visage est devenu pâle. Merci.

— *Hasta luego, chica*, m'a-t-elle lancé alors que nous partions.

— À quoi rime tout ceci ? ai-je demandé quand nous nous sommes trouvés à l'extérieur.

Hunter m'a pris le bras pour me diriger vers l'ouest, en direction de la rivière Hudson.

— Elle est devenue amie avec Killian, a-t-il expliqué. Elle a essayé de l'aider. Je suis quasiment certain que c'est elle qui lui a dit de se cacher dans cet immeuble de Chelsea. L'église située de l'autre côté de la rue porte le nom de Notre-Dame de Guadeloupe.

— Mais de quoi parlait-elle à la toute fin?

Il est demeuré silencieux pendant près d'un pâté. Puis, il a dit :

— Elle est très compréhensive. Elle peut déceler les peurs et les inquiétudes les plus profondes des gens.

— J'ai remarqué, ai-je dit en repensant à ce qu'elle m'avait dit à la boîte de nuit. Et alors?

— Et... elle a décelé mon inquiétude au sujet de papa et maman. Elle m'a donné un moyen sécuritaire de communiquer avec eux... Je crois. Grâce à ceci.

Il a fixé la gousse du regard.

— Comment cela fonctionne-t-il? ai-je demandé.

— D'après ce que j'en sais, de façon indirecte, a dit Hunter. Je n'ai jamais utilisé un de ces outils auparavant. Ils sont plutôt une spécialité des sorcières latines. Ça fonctionne un peu comme une bouteille lancée à la mer, mais il émet un sortilège de repérage très bas qui cherchera la personne que tu essaies de joindre. Comme le sortilège est si léger, avec un peu de chance, il échappera au regard de ceux qui tiennent la vigie. L'inconvénient est que, comme il s'agit d'un sortilège si faible, le message pourrait prendre un certain temps avant d'atteindre sa destination. Et bien des choses peuvent lui arriver en chemin.

Il a pris une grande inspiration.

— Mais je dois l'essayer.

— En es-tu certain? ai-je demandé d'une voix hésitante. Je veux dire, les gens du Conseil t'ont dit de laisser cela entre leurs mains. Je sais bien que je ne suis pas la plus grande admiratrice du Conseil en temps normal, mais ils ont peut-être raison

dans ce cas-ci. Entreprendre ceci seul me
paraît dangereux.

— Ils n'ont eu aucun succès, a dit
Hunter. Et j'ai eu cette impression qu'il
est minuit moins le quart, que je dois communiquer avec maman et papa maintenant. J'espère que j'ai tort, mais je n'ose pas
attendre plus longtemps pour apprendre
trop tard que j'avais raison.

Le vent s'est levé quand nous nous
sommes approchés de la rivière.

— Par ici, a dit Hunter en me guidant
vers un petit embarcadère commercial.

L'accès à l'embarcadère était bloqué par
une grille en métal verrouillée, mais
Hunter a jeté un sort et la grille s'est
ouverte. Nous avons déambulé entre les
écluses et au-delà des caisses et des fûts
industriels.

Hunter s'est agenouillé près de l'eau qui
ressemblait à une feuille lisse de la couleur
du plomb. Il a soigneusement ouvert la
gousse. Je l'ai regardé dessiner des *sigils* qui
ont légèrement brillé dans l'air avant de
disparaître dans la gousse. Il a entonné un

long chant gaélique qui m'était inconnu. Puis, il a refermé la gousse et l'a emballée avec d'autres sortilèges. Enfin, il l'a jetée dans l'eau. Nous l'avons regardée danser sur l'eau un moment. J'ai retenu mon souffle quand elle a coulé sous la houle.

Hunter a agrippé ma main, et j'ai tenté de lui communiquer ma force.

— J'ai fait ce que je pouvais, a-t-il dit. À présent, il ne me reste plus qu'à attendre… et à espérer.

10

Signes

14 décembre 1981

Greer est décédée depuis un mois maintenant des suites d'un arrêt cardiaque, et si quelconque soupçonne le rôle que j'y ai joué, personne ne m'a accusé. Liathach est maintenant à moi. Andarra, le père de Grania, ne le comprend pas tout à fait. Il vit encore son deuil. Il s'est présenté au cercle ce soir et a chanté l'invocation d'ouverture à la Déesse et à Dieu. J'ai lu la confusion dans ses yeux quand je l'ai remercié et que j'ai pris les rênes. Je devais le faire. Il aurait voulu passer toute la soirée à envoyer l'âme de Greer dans l'Au-delà, ce que nous avons fait tout de suite après sa mort, selon moi. Elle a si souvent fait

affaire avec des taibhs, des esprits sombres. Ne sait-il donc pas qu'ils sont venus
la chercher en fin de compte ?

Yule approche, le temps du retour
de Dieu, le moment propice pour moi de
prendre contrôle de Liathach. Greer
était puissante, je l'admets, mais elle
n'était pas assez intrépide. Elle s'inquié-
tait toujours du Conseil. Le temps est
venu de renverser les rôles. Maintenant,
Liathach va mûrir, et c'est le Conseil qui
nous craindra.

— Neimhich

Hunter est rentré à l'appartement avec
moi, avant de repartir à la recherche de
l'ancienne maîtresse de Ciaran. Bree s'était
rendue à un salon pour recevoir un pédi-
cure, et Robbie et moi nous trouvions seuls
dans l'appartement. J'en étais heureuse, car
je souhaitais régler notre différend. Mais à
mon désarroi, quand je suis revenue au
salon après une visite à la salle de bain, il
enfilait son manteau.

— Où vas-tu ? ai-je demandé, quelque peu désespérée.

— Le musée d'histoire naturelle, a-t-il dit d'un ton bref.

Il m'avait à peine adressé la parole depuis notre dispute.

— Tu aimerais de la compagnie ?

— Pas vraiment.

— OK, ai-je dit en tentant de dissimuler à quelque point cela me blessait. Mais Robbie ? J'ai beaucoup repensé à ce que tu m'as dit hier. J'aimerais t'en parler. Hum… est-ce que je peux t'accompagner jusqu'au métro ?

Il a hoché la tête après un moment, et j'ai remis mon manteau. Nous avons marché jusqu'à la 23e Rue. Robbie planifiait prendre l'autobus jusqu'à la 8e Avenue, d'où il pourrait prendre la rame de métro C. La rue transversale large était bondée d'autobus, de camions et de taxis. Une ambulance et un camion de pompiers faisaient résonner leurs sirènes et tentaient de se faufiler dans le bouchon de circulation. Il était pratiquement impossible de parler — en fait, d'entendre surtout.

— Voudrais-tu faire un arrêt dans un café ? ai-je crié pour couvrir le vacarme. Je t'invite.

— Pas vraiment, a répété Robbie.

Il s'est avancé alors qu'un autobus s'arrêtait près du trottoir.

J'ai serré les dents.

— OK, ai-je dit. Nous parlerons à bord de l'autobus.

Heureusement, l'autobus n'était pas bondé. Nous avons trouvé un siège où nous pouvions nous asseoir ensemble.

— J'aimerais te présenter mes excuses, ai-je dit. Tu avais raison : je n'aurais pas dû jouer avec cette dame.

Robbie regardait droit devant. Il était toujours fâché.

— Être une sorcière de sang et posséder un pouvoir, c'est encore nouveau pour moi, ai-je poursuivi. Je ne dis pas ça pour excuser ce que j'ai fait. Tout ce que je veux dire est que je ne me suis pas encore habituée à tout ça et que j'essaie encore de déterminer les moments où je devrais et ne devrais pas user de magye. Et pour dire la vérité, le pouvoir est grisant. Je suis tentée de l'utiliser même quand je ne le devrais pas. Je vais probablement faire des erreurs ici et là.

Robbie a croisé ses bras sur sa poitrine.

— Tu crois m'apprendre quelque chose ?

J'ai poussé un soupir.

— Tu ne me rends pas la tâche facile.

Il m'a jeté un regard froid.

— Tu pourrais rendre les choses plus faciles. Il te suffit de me jeter un sort.

J'ai grimacé.

— Robbie, écoute. Je te promets de faire plus attention. Je te donne ma parole, je serai plus consciente et j'essaierai de ne pas abuser de mon pouvoir. Et je ne te placerai plus jamais dans une mauvaise posture.

Robbie a fermé les yeux. Quand il les a rouverts, la colère avait cédé la place au chagrin.

— Morgan, mon but n'est pas de te punir. J'ignore seulement si je peux encore te faire confiance, a-t-il dit. Je ne sais pas si nous pouvons continuer à être amis. Je ne veux pas te perdre, mais...

Il a levé les mains au ciel en signe d'impuissance.

— Tu possèdes tout le pouvoir. Le jeu n'est pas équilibré. Cela rend la vraie amitié difficile.

J'ai senti mon espoir s'envoler. J'avais présumé qu'après notre conversation, tout redeviendrait comme avant. Robbie et moi n'étions jamais demeurés en mauvais termes auparavant. Mais Robbie avait raison. Il existait une inégalité. J'œuvrais dans une dimension différente à présent, où les règles étaient différentes.

Il est descendu de l'autobus et je l'ai suivi dans les marches qui menaient vers la station souterraine. Le train est entré en gare, et nous l'avons pris.

— Alors, parce que je suis une sorcière de sang, je dois perdre mes amitiés ?

Je me suis mordu la lèvre pour refouler mes larmes pendant que le train quittait la station.

— Je ne sais pas, a dit Robbie. Je ne sais pas quoi faire à ce sujet.

Nous avons passé quelques stations, et pendant ce temps, je faisais de mon mieux pour ne pas fondre en larmes. Ma relation avec Bree ne serait plus jamais la même et, à présent, j'allais perdre Robbie aussi. Pourquoi le fait d'être sorcière de sang signifiait perdre mes meilleurs amis ?

Le métro s'est arrêté à la station de la 72e Rue, et j'ai jeté un coup d'œil à la carte. Robbie descendrait au prochain arrêt.

— Je ne veux pas abandonner notre amitié, ai-je obstinément dit. J'ai besoin de toi. J'ai besoin du Robbie qui n'est pas une sorcière de sang et qui me connaît mieux que quiconque. Je…

J'ai essuyé mon nez.

— Robbie, tu es une des meilleures personnes que je connaisse. Je ne peux pas supporter l'idée de te perdre.

Robbie m'a jeté un long regard compliqué où se mêlaient la sympathie, l'amour et une exaspération lasse.

— Je ne veux pas abandonner notre amitié non plus, a-t-il dit alors que le métro faisait son entrée dans la station de la 81e Rue. Tu veux venir voir des dinosaures avec moi ?

— Bien sûr.

J'ai réussi à lui faire un sourire mal assuré.

Nous sommes sortis du wagon ensemble, mais alors que nous franchissions les tourniquets, un nuage d'épuisement intense s'est abattu sur moi. Une nausée l'a suivi.

— Euh... Robbie? Je pense que je vais devoir sauter le musée.

— Après tout ça? Tu ne veux même pas m'accompagner voir les dinosaures?

— J'aimerais bien, mais je me sens lessivée soudain. Je pense que je devrais m'asseoir un moment.

— Tu en es certaine? a-t-il demandé.

J'ai hoché la tête. J'aurais voulu lui donner un câlin, mais à ce moment-là, je me concentrais à éviter de vomir. Incertain, il s'est tenu au-dessus de moi un moment avant de dire :

— OK. À plus tard.

Puis, il est parti en direction du musée.

J'ai traversé la rue pour gagner un parc et m'asseoir sur un banc. La nausée ne s'était pas calmée. Au contraire, je me sentais encore plus mal, faible et désorientée. J'ai fermé les yeux une seconde.

Quand je les ai rouverts, je ne regardais plus les marches larges et les colonnes du musée. La scène devant mes yeux avait changé.

Une masse confuse de branches d'un gris-brun. De l'autre côté, une maison haute et étroite, obscurcie par des vignes de glycines enchevêtrées. Des sirènes et l'éclair d'un feu de secours ; des voitures filant devant la maison. Une sonnette dissimulée dans la tête d'une gorgone en pierre. Des cris et le bruit d'une lutte. La voix d'un homme, familière, mais quelque peu effrayante. Des silhouettes floues portant des masques d'animaux. Une silhouette aux pieds et aux poings liés sur une table de pierre.

J'ai senti quelque chose pousser ma cheville, ce qui m'a tirée de ma vision avec un cri de surprise devant le pauvre chien qui reniflait mon soulier. Le propriétaire a tiré sur la laisse du chien en me jetant un regard indigné.

Déesse, mais qu'est-ce que c'était? me suis-je demandé. Je n'avais jamais vécu une telle chose auparavant — une vision en éveil, qui m'était venue sans être suscitée. Elle était clairement liée au rêve que j'avais eu. Mais elle était différente; plus réelle en quelque sorte. Avais-je vu Killian subir la torture aux mains d'Amyranth?

Je devais parler à Hunter. Je lui ai envoyé un message de sorcière urgent. Puis, je suis demeurée assise, tremblante, dans l'attente de sa réponse. Mais aucune réponse n'est venue. Hunter, ce n'est pas le moment de m'ignorer, ai-je pensé. J'ai fait un nouvel essai en laissant ma peur pénétrer mon message.

Toujours rien. J'ai senti l'ombre de la peur. Ignorer un appel urgent n'était pas son genre. Lui était-il arrivé quelque chose? Après avoir attendu une autre minute, j'ai essayé d'envoyer un message à Sky, mais elle n'a pas répondu non plus. Mes messages se rendaient-ils à destination?

En luttant contre la panique, j'ai repéré un téléphone public et j'ai extirpé la carte d'appel que mes parents m'avaient donnée pour les cas d'urgence. J'ai composé le numéro de l'appartement. Personne n'a répondu, mais j'ai laissé un message au cas où Hunter et Sky rentreraient.

Ensuite, j'ai composé le numéro du cellulaire de Bree. Bree a répondu tout de suite.

— J'écoute, a-t-elle dit avec une indifférence hautaine.

— C'est moi, ai-je dit. Où es-tu ?

— À bord d'un taxi, coincée dans un embouteillage.

Elle semblait irritée.

— Bree, ai-je dit, je pense avoir vu Killian.

— Quoi ? Où ?

J'ai raconté à Bree la vision que j'avais eue un moment plus tôt.

— Je suis certaine que Ciaran a mis la patte sur lui, mais j'ignore où ils se trouvent. Je dois repérer cette maison, ai-je conclu.

J'ai pensé aux indices que Hunter avait utilisés lors de notre présage pour trouver Killian. Peut-être que Bree et moi pourrions répéter l'exercice.

— J'ai besoin de ton aide.

— OK, a dit Bree d'un ton hésitant. Hum… que puis-je faire?

— Tu connais mieux la ville que moi, ai-je dit. Réfléchis à ma description pour m'aider à découvrir l'emplacement de la maison.

— Oh, je saisis. Quelle idée cool, a-t-elle dit. Hum… OK, tu as dit apercevoir une masse confuse de branches?

Quand j'ai répondu oui, Bree a dit:

— On dirait bien que cette maison se trouve en bordure d'un parc. Peut-être s'agit-il de Central Park?

— Oui. C'est logique, ai-je dit en ressentant une pointe d'excitation.

— OK, maintenant, où se trouvaient les arbres exactement?

J'ai fermé les yeux pour faire appel à la vision.

— Je me tenais au coin d'une rue. La maison se trouvait de l'autre côté d'une rue étroite, et la masse confuse venait de mon œil droit. Je pense que les arbres s'élevaient devant la maison, de l'autre côté d'une rue large. Oui, la maison se trouvait sur un coin. La porte d'entrée donnait sur la rue secondaire... Au coin, il y avait une large avenue, et les arbres se tenaient de l'autre côté.

— Là, nous avons des pistes. OK, réfléchissons... Décris-moi l'avenue. Quelle était sa largeur? Dans quelle direction les voitures roulaient-elles? a insisté Bree.

— Doux Jésus, Bree, ai-je dit avec frustration. Je n'ai pas porté attention à la circulation.

— Réfléchis, a-t-elle insisté d'une voix plus forte pour couvrir le bruit des klaxons. As-tu aperçu des voitures?

J'ai forcé mon esprit à revenir à la sirène et au feu de secours clignotant. Le feu se trouvait sur une ambulance. Je l'ai suivie dans mon esprit jusqu'à ce qu'un véhicule utilitaire bleu passe à sa gauche...

— L'avenue comptait au moins quatre voies, et les voitures roulaient dans les deux sens, ai-je dit. La circulation allait dans les deux sens. Hé!

Je savais que la majorité des avenues étaient à sens unique. Cette connaissance limitait les possibilités de beaucoup.

Bree a élevé la voix sous le coup de l'enthousiasme.

— On dirait bien que la maison est située du côté de Central Park West. La circulation à double sens… Une avenue large bordée d'un parc d'un côté… une maison de luxe… il n'y a aucun autre endroit à New York où de telles maisons existent.

— Bree, tu es brillante, ai-je dit avec ferveur.

— Où te trouves-tu en ce moment? a-t-elle demandé.

— Tout près du musée d'histoire naturelle.

— Parfait, a dit Bree. Pourquoi ne longes-tu pas Central Park West pour voir si tu aperçois quoi que ce soit de familier?

Bree avait raison : c'était parfait. Je me trouvais peut-être à quelques pâtés de cette maison à ce moment-là. J'allais peut-être retrouver Killian… et Ciaran. J'ai senti ma poitrine se contracter sous l'emprise de la peur.

— Morgan? Tu es là? a demandé Bree.

— Je suis là, ai-je dit. Écoute, je vais me mettre à la recherche de cet endroit. Peux-tu essayer de trouver Hunter ? Dis-lui que j'ai besoin de lui maintenant !

Bree a hésité un moment.

— Morgan, si tu trouves la maison, promets-moi que tu n'y pénétreras pas seule.

— Ce n'est pas dans mes plans, ai-je dit.

Son inquiétude faisait chaud au cœur.

— Bree, merci de ton aide.

J'ai raccroché pour faire un autre appel ; cette fois-ci, j'ai composé le numéro du cellulaire de Robbie. Après tout, il se trouvait quelque part de l'autre côté de la rue. Mais je suis tombée sur sa boîte vocale. Robbie avait fermé son téléphone, et je n'avais pas le temps de me mettre à sa recherche dans le musée.

J'ai essayé d'envoyer un dernier message à Hunter. Toujours rien. Allait-il bien ? Je devais croire que oui. Et je devais avoir foi dans le fait que les coïncidences n'existent pas. J'étais guidée par le destin. J'ai vu ma présence à Central Park West comme un signe. J'étais guidée vers Killian.

En me concentrant droit devant moi, j'apercevais le parc dans ma vision périphérique. La masse confuse des branches dans mon œil droit ressemblait drôlement à ce que ma vision m'avait montré.

J'ai avancé vers le nord, et mes sens ont picoté. Ils étaient chargés de la même énergie que l'on sent dans l'air avant un orage estival. Tout allait se dévoiler. Je suis passée devant un vendeur de marrons grillés, devant un promeneur qui tenait en laisse une demi-douzaine de chiens jappeurs qui le tiraient vers l'avant. Le vent hivernal me poussait dans le dos et balayait Central Park West pour me propulser vers l'avant. Une sensation d'urgence s'élevait; l'adrénaline courait dans mes veines.

Au coin de la 87e et de Central Park West, je me suis brusquement arrêtée, le cœur emballé. Elle était là.

La maison comptait quatre étages, et je pouvais entrevoir sa façade en granit à travers un enchevêtrement de glycines. Trois marches en pierre menaient à la porte d'entrée où une sonnette était enfoncée dans la

tête d'une gorgone taillée dans la pierre.
C'était exactement la maison de ma vision.

J'ai senti un voile mince et glacé de
terreur m'entourer. Je me tenais devant
l'endroit où Amyranth tenait Killian
prisonnier.

11

Destin

Samhain, 1983

Les rumeurs sont confirmées. Elle vit toujours. Ballynigel a été rasée par la vague sombre, et pourtant, Maeve Riordan et cet imbécile servile aux yeux bleus d'Angus Bramson ont réussi à y survivre. Déesse, j'ignore combien de fois j'ai souhaité leur mort et leur tourment éternel. Surtout pour elle. Dans l'espace de deux semaines enchantées, elle a ouvert mon cœur et détruit ma vie au grand complet. Mon mariage est devenu une coquille vide ; ma maison, une prison. Grania me déteste. Les enfants... Eh bien, les enfants respectent mon pouvoir, c'est toujours ça.

Je quitte l'Écosse et Liathach. L'assemblée a gagné en force et en magye comme jamais. Nous avons pris part à la destruction de Crossbrig, ce qui a donné à Liathach l'accès aux livres de sortilèges grandement convoités des Wyndenkell. Mais les sorcières de Liathach sont faibles et craintives. Elles ont trop longtemps été gouvernées par la famille de Grania. Elles pensent que je les ai menées vers le danger. Elles souhaitent battre en retraite. Grand bien leur en fasse. Mais ce sera sans moi

Quitter Liathach ne m'ennuie pas. J'aurais dû le faire il y a des années. Tout ce qui compte est de trouver Maeve. Elle a réussi l'impossible. Elle a survécu à la vague sombre. J'ai fait un présage et je l'ai aperçue. Je sais que je suis toujours dans son cœur, que nous sommes toujours faits l'un pour l'autre. Je ne peux vivre un autre jour sans elle. À présent, je dois la retrouver.

*Vais-je la retrouver pour lui dire à
quel point je l'aime... ou pour la tuer?
Là est la question.*

— Neimhich

La maison était ancienne, située dans une partie de la ville façonnée par le XIXe siècle. L'ouvrage usé de la pierre témoignait d'une élégance révolue, et l'enchevêtrement épais de glycines me rappelait le conte de fées de la *Belle aux bois dormants*. Une princesse endormie, cachée derrière un mur de ronces... Mais Killian n'était pas une princesse fictive et je n'étais pas le prince sauveur. À présent que j'avais trouvé la maison, qu'allais-je faire?

J'ai traversé la rue vers un autre téléphone public pour rappeler Bree. Elle venait de rentrer à l'appartement.

— Je l'ai trouvée, lui ai-je dit. Elle est située au coin de Central Park West et de la 87e. Des nouvelles de Hunter?

— Nada, a répondu Bree. Sais-tu où il pourrait se trouver?

Aucune idée ne m'est immédiatement venue à l'esprit. Hunter était toujours si consciencieux et secret au sujet de son travail. Il me disait uniquement ce que je devais savoir, selon lui.

— Hum… Il m'a amenée dans une boutique de sorcellerie mexicaine sur Hudson. C'est cette sorcière qui lui a parlé de la femme qu'il recherche. Elle te donnera peut-être l'adresse.

— Je vais la trouver, a promis Bree. Mais d'abord, je vais laisser un message au cas où il reviendrait à l'appartement.

— Je vais rester ici pour garder un œil sur la maison, ai-je indiqué à Bree. Si tu trouves Hunter, peux-tu lui demander de me rencontrer ici ?

— OK. Mais rappelle-moi dans vingt minutes, m'a ordonné Bree. Je veux m'assurer que tu es en sécurité.

Je lui ai promis de le faire. Puis, je me suis assise sur un des bancs du parc qui présentait une vue claire sur la maison. Ce n'était pas une bonne journée pour s'asseoir à l'extérieur. L'air était humide et glacial. Après quelques minutes, je sentais à peine mes pieds.

Mais je pouvais sentir la maison. Même si j'étais assise de l'autre côté de la rue, je pouvais sentir la magye puissante qui l'enveloppait.

J'ai aperçu une lueur dans l'une des fenêtres plus élevées, et un nœud d'effroi s'est logé au milieu de ma poitrine. J'aurais souhaité pouvoir me lancer dans une recherche avec Bree, en toute franchise. L'idée de rester seule devant cette maison qui suintait pratiquement le mal me terrifiait ; surtout en sachant que Ciaran se trouvait peut-être à l'intérieur.

Je me suis accroupie dans le froid en centrant mon attention sur la maison. Personne n'y est entré ni n'en est sorti. Rien ne bougeait derrière les fenêtres. Même les branches des glycines étaient à peine dérangées par le vent glacial. Un immobilisme morne meublait la maison, ce qui m'a amenée à me demander soudain si elle était complètement déserte. La magye peut duper bien des gens, me suis-je rappelé. Mais pas moi.

J'ai projeté mes sens pour découvrir quels pièges ou défenses magyques avaient été brandis. J'ai décelé une résistance sur la porte, un sortilège d'ombrage quelconque, mais il ne semblait pas très fort. Cette maison n'était pas ensorcelée avec la même force employée pour la maison de Cal et de Selene. Je ne détectais aucun système électrique de sécurité, non plus, seulement l'assortiment de verrous robustes typiquement new-yorkais. Un seul des verrous était tiré. Étrange.

J'ai jeté un coup d'œil sur ma montre. Il était près de 15 h. Je me suis demandé si Bree avait réussi à trouver Hunter. Y avait-il un moyen pour moi de découvrir ce qui se passait dans la maison en ce moment précis ? Je pourrais chercher l'aura de Killian.

Je me suis concentrée en tentant de me rappeler à quoi il ressemblait. Un motif s'est dessiné si clairement dans mon esprit que je pouvais presque entendre la voix de Killian. Puis, ce sont des cris que j'ai entendus. J'ai à nouveau senti la lutte, l'impuissance, une terreur et un désespoir écrasants.

La vision a disparu aussi rapidement qu'elle est venue, mais je savais ce qu'elle signifiait. Killian se trouvait dans la maison, captif mais appelant à l'aide. Peut-être ne m'appelait-il pas directement, mais j'avais le sentiment terrible que j'étais la seule à l'entendre.

Je m'impatientais de voir arriver Hunter.

— Ne lâche pas, Killian, ai-je marmonné. J'arrive.

Je me suis levée et, immédiatement, j'ai commencé à trembler. Qui essayais-je de tromper? J'étais une sorcière de dix-sept ans possédant une vaste expérience de deux mois et demi dans la sorcellerie. Et je m'apprêtais à faire face à une assemblée de Woodbane maléfiques et à la sorcière qui avait tué Maeve et Angus? Maeve et Angus avaient été initiés à la Wicca dès leur naissance. S'ils avaient été incapables d'arrêter Ciaran... Les probabilités étaient incroyablement minces pour moi. Ciaran avait assassiné Maeve, sa *mùirn beatha dàn*. Que ferait-il de moi, sa fille ?

Pourtant, je ne pouvais ignorer mes rêves et mes visions. J'étais certaine de les avoir eues pour une bonne raison. J'entendais pratiquement Hunter me rappeler que, selon la Wicca, il n'y a pas de hasard. Tout a un but. Ces visions ne m'avaient pas été données sans que je sois prédestinée à faire quelque chose à leur sujet. Même la panne de la chaudière de l'école semblait maintenant s'inscrire dans un plan inévitable. Je me trouvais à New York parce que mon destin était de sauver Killian.

— Aide-moi, Déesse, ai-je murmuré.

J'ai pris de grandes respirations pour me calmer et m'ancrer. J'avais toutes les connaissances d'Alyce à ma disposition, de même qu'un pouvoir brut plus grand que celui de la majorité des sorcières de sang. J'étais forte, plus forte que je ne l'avais été trois semaines plus tôt quand Hunter et moi avions combattu et défait Selene. Si Ciaran se trouvait dans cet immeuble, n'était-ce pas ma responsabilité face à

Maeve de tenter de l'arrêter une fois pour toutes ?

Je peux le faire, me suis-je dit. C'est mon destin.

J'ai marché vers la maison et j'ai posé le pied sur la première des trois marches en pierre — pour m'arrêter sous l'effet d'une sensation de terreur qui serpentait autour de mes organes et murmurait à mon esprit : *Retourne-toi. N'avance pas plus loin. Va-t'en.*

J'ai tenté de poser le pied sur la deuxième marche, mais j'en ai été incapable. La terreur m'immobilisait, l'impression que franchir ce seul pas réglerait mon sort.

Il s'agit d'un sortilège de repoussement, me suis-je dit. Il est conçu pour le tenir à l'extérieur. Mais il n'y a rien derrière celui-ci. J'ai conjuré le sortilège de se révéler à moi. Il y a eu une résistance momentanée avant que j'aperçoive un miroitement dans l'air hivernal. La rune Is — la rune des obstacles, des éléments figés et retardés — se répétait à l'infini comme une série de glaçons cristallins. J'ai visualisé la chaleur du feu faisant fondre les runes du sortilège d'ombrage et, en quelques secondes, j'ai senti leur pouvoir faiblir.

Le sortilège s'est brisé, et j'ai atteint la dernière marche. J'ai découvert un autre sortilège sur la porte même. J'ai senti un éclair de joie quand j'ai réalisé que je savais exactement quoi faire. Tout me semblait si évident. Soit les sortilèges de ligotage n'étaient pas très complexes, soit j'étais plus forte que je ne le réalisais.

Cette fois-ci, j'ai puisé le pouvoir de la terre, dans les racines des glycines, dans le substrat rocheux. J'ai réuni toute l'énergie déversée dans les rues de la ville par la myriade de New-Yorkais. Un pouvoir tumultueux et défiant a gonflé en moi. Je l'ai laissé croître pour le lancer sur le sortilège qui gardait la porte. Le sortilège s'est fracassé. L'unique verrou poussé de l'autre côté de la porte s'est ouvert. Et je suis entrée dans la maison, voguant pratiquement sur la vague de ma magye.

Je me tenais dans un hall au plafond élevé. Le plancher était fait de marbre incrusté aux motifs noirs et gris. Un escalier menait aux étages supérieurs. J'ai envoyé un message de sorcière à Killian. Où es-tu ? Guide-moi.

Un instant plus tard, j'étais couchée sur le dos, frappée par un sortilège de ligotage plus fort que tout ce que j'avais vécu jusqu'à ce jour. Il forçait mes bras à s'immobiliser contre mes flancs, mes jambes à se serrer l'une contre l'autre. Il exerçait sur ma gorge une pression qui m'empêchait d'émettre un son et comprimait ma poitrine, si bien que je luttais à chaque respiration. Oh, Déesse. Peut-être n'étais-je pas aussi forte que je le croyais.

J'ai rapidement jeté un sort pour défaire toutes les attaches.

Cela n'a rien donné. Mon esprit s'est pris d'un vertige de panique.

J'ai tenté le sortilège qui avait fonctionné de façon si brillante à peine quelques minutes plus tôt. J'ai projeté mes sens vers le sol, à la recherche d'un lien dans la terre sous moi. L'écho vide qui m'est revenu m'a laissée perplexe. On aurait dit que la terre même était vide, plate, épuisée de tout ce qu'elle pourrait offrir. Et je me suis retrouvée dans un lieu où des vagues de magye noire remuaient autour de moi.

Alyce, ai-je pensé. Alyce devait savoir quelque chose qui pourrait m'aider. Un sortilège s'est manifesté; un sortilège servant à appeler la lumière au milieu des ténèbres. J'ai commencé à visualiser une flamme blanche devenant plus brillante, plus chaude, s'enflammant au centre de toute cette énergie sombre pour la consommer et purifier l'espace qui m'entourait.

Je me suis presque évanouie en sentant quelque chose ressemblant à une lame de glace en dents de scie plonger dans mon estomac. C'est une illusion, me suis-je dit, en me rappelant comment Selene m'avait attaquée par la douleur. Je me suis intimée de passer à travers, de continuer à imaginer la flamme dévorant les ténèbres.

Une autre lame s'est enfoncée dans mon dos.

— Aaaaah!

Mon propre cri étranglé a semé la panique en moi. J'ai senti la lame glacée trancher ma peau, mes muscles, mes os, et la flamme de mon esprit a vacillé.

Comme pour me récompenser d'avoir perdu le sortilège, la douleur a cessé.

J'ai jeté un regard sur mon corps. Il n'y avait aucune blessure sanglante causée par un poignard. Les blessures avaient été une illusion. Mais le ligotage était réel. Je ne pouvais pas bouger. J'ai jeté un regard à la ronde à la recherche du pouvoir qui me tenait prisonnière. Là… j'ai senti la magye comme si un nuage sombre et graisseux balayait le plancher immaculé de la maison de ville. La magye de plusieurs sorcières qui unissaient leur pouvoir.

J'ai senti la nausée monter dans ma gorge. J'étais complètement dominée. Qu'avais-je fait? Comment avais-je pu être assez naïve et stupide pour croire pouvoir me mesurer à une assemblée de Woodbane? Dès que j'étais entrée dans la maison, j'étais tombée dans leur piège.

Une silhouette mince vêtue d'une robe noire et d'un masque s'est avancée vers moi. Le masque illustrait le visage d'un chacal, taillé dans un bois sombre, aux traits horriblement exagérés dont une gueule énorme et féroce. Ma peur a monté d'un cran. D'autres silhouettes masquées ont fait leur apparition : un hibou, un couguar, une vipère et un aigle.

— Nous la tenons, a dit le chacal d'une voix si parfaitement neutre qu'il m'était impossible de déterminer s'il s'agissait d'un homme ou d'une femme.

— Où est Killian ? ai-je demandé. Qu'avez-vous fait de lui ?

— Killian ? a répété la sorcière portant un masque de hibou.

Sa voix était résolument féminine.

— Killian n'est pas ici.

— Mais vous allez lui soustraire son pouvoir ! ai-je stupidement dit.

Le chacal a éclaté d'un rire strident et léger.

— Oh non, ce n'est pas vrai.

— Nous n'avons jamais voulu de Killian, a dit le hibou.

— On t'a mal renseignée, a acquiescé la vipère.

Ils ont tous éclaté de rire.

Les yeux dorés étroits de la vipère ont brillé lorsqu'il les a posés sur moi.

— C'est ton pouvoir que nous allons prendre.

12

Ciaran

28 février 1984

Le début du printemps est le moment de semer les graines des rêves pour l'année à venir. Ici, dans un village minuscule du nom de Meshomah Falls, je suis redevenu un garçon, plein de fantasmes et de rêves, qui a hâte d'accueillir la promesse du printemps. Je l'ai trouvée. Aujourd'hui, Maeve et moi nous sommes revus pour la première fois depuis mon départ de Ballynigel. J'ai su à ce moment qu'elle m'aimait toujours. Que rien n'avait changé, que l'attente avait valu la peine. Déesse, c'est l'Univers que j'aperçois chaque fois que je la regarde dans les yeux.

Nous avons attendu la soirée, car elle a insisté pour trouver une excuse à donner au pauvre et pathétique Angus. Puis, elle m'a mené au-delà des limites de la ville, au-delà d'une bande étroite de forêt et d'un pré, au-delà d'une colline aboutissant sur un champ.

— Personne ne nous verra ici, a-t-elle dit.

— Bien sûr que non. L'un d'entre nous jettera un sortilège d'invisibilité.

Maeve a choisi ce moment pour me dire qu'elle avait abandonné sa magye. Je n'arrivais pas à y croire. Depuis son départ de l'Irlande, elle a mené une demi-vie ; les sens fermés, prisonnière de sa terreur.

— Tu n'auras plus jamais à avoir peur, lui ai-je dit.

Petit à petit, je l'ai amenée à s'ouvrir. Oh, la joie dans ses yeux quand elle s'est laissée aller à sentir les semences dans la terre sous nous, les pousses vertes et tendres attendant de percer la surface. Puis, elle s'est ouverte au ciel, aux étoiles,

à l'attraction de la Lune incandescente
du printemps, et nous nous sommes
donnés au plaisir et l'un à l'autre.

Déesse, j'ai enfin connu la vraie joie.
Toute la souffrance que j'ai vécue en a
valu la peine pour vivre ceci.

— Neimhich

— C'est ton pouvoir que nous allons
prendre.

Les mots faisaient écho dans mes
oreilles, et j'ai finalement vu la réalité avec
une clarté à rendre malade.

Mes rêves et mes visions étaient des
prémonitions de mon propre supplice dans
cette maison. Pas de celui de Killian. D'une
manière ou de l'autre, le Conseil s'était
trompé sur ce détail important lors de l'interprétation de mon rêve. Le louveteau sur
la table n'était pas Killian, mais moi.

Une partie rationnelle de mon esprit
s'est questionnée à savoir pourquoi j'appa-
raissais sous la forme d'un louveteau, mais
avant que je puisse en découvrir le sens, le
chacal a dit :

— Viens avec nous.

Je l'ai toisé avec défiance.

— Non.

La silhouette a remué une main au-dessus de moi et, soudain, j'étais debout. Le ligotage s'était desserré suffisamment pour me permettre de les suivre comme une automate. J'étais furieuse contre mon corps déloyal, mais je ne pouvais pas résister au sort m'intimant à les suivre plus que j'avais pu défaire le sortilège de ligotage.

Je les ai suivis dans un petit salon, puis une salle à manger et une cuisine pour atteindre un escalier menant à une cave.

Nous avons descendu les marches. Comment pourrais-je m'évader ? La porte de la cave se refermerait et il m'arriverait des horreurs.

La cave était éclairée par quelques bougies noires posées sur des bougeoirs muraux. Le hibou m'a tendu une robe faite en un tissu brun mince et brillant.

— Retire tes vêtements et enfile cette robe, a-t-elle dit.

La robe m'a effrayée. J'ai vu l'image éclair d'un vieux film dans lequel des sorcières étaient brûlées au bûcher et portaient des robes comme celle-là pour ce faire.

— À quoi sert-elle ? ai-je demandé.

La sorcière portant un masque de faucon a dessiné un signe dans l'air, et je me suis pliée de douleur.

— Fais ce qu'on te dit, a ordonné le chacal.

Ils m'ont regardée me changer, et j'ai senti la brûlure sourde de la honte face à ma terreur alors que je retirais mes vêtements pour enfiler la robe. Puis, on m'a poussée sur une chaise, et deux autres silhouettes masquées — une belette et un jaguar — ont fait leur entrée dans la cave en transportant une tasse contenant un liquide fumant. Ils m'ont obligée à en boire le contenu. C'était une sorte de tisane aux herbes affreuse — j'ai reconnu le goût de la jusquiame, de la valériane, de la belladone et de la digitale pourprée. L'odeur était si repoussante que j'avais des haut-le-cœur à chaque gorgée.

Quand j'ai bu la dernière goutte et réprimé une envie de vomir, ils m'ont laissée seule. J'ai senti le liquide bouger en moi, ralentir mes pensées et endormir mes réflexes. Puis, mon corps s'est mis à trembler de façon incontrôlable, et j'ai été frappée d'une vague d'étourdissement. Si j'avais été capable de me lever de ma chaise, je suis persuadée que je serais tombée sur le sol. Le sol semblait tanguer et les murs tournoyer. Des ombres menaçantes ont surgi dans ma vision périphérique.

J'ai pris une profonde respiration pour tenter de trouver mon centre. J'ai murmuré un sortilège rapide tiré de la mémoire d'Alyce, et après un certain moment, les ombres hallucinatoires se sont repliées quelque peu. Mon étourdissement et ma léthargie sont demeurés, cependant.

Enfin, j'ai entendu des pas dans l'escalier. Le hibou et la belette sont revenus près de moi.

— Il est prêt à t'accueillir maintenant, a dit le hibou.

Je n'avais aucun doute sur l'identité de la personne qui m'attendait. Ciaran. Le *mùirn beatha dàn* de ma mère, celui dont elle avait été amoureuse. Celui qui l'avait tuée.

Le hibou a agité une main au-dessus de moi en marmonnant une incantation. Encore une fois, je les ai suivis en esquissant des mouvements saccadés. J'étais toujours étourdie, mais j'ai réalisé être en mesure de marcher quand même.

Nous sommes montés au premier, pour passer par la cuisine et emprunter l'escalier principal qui menait au second. On m'a menée à une chambre tapissée de panneaux de bois et éclairée aux bougies. Un feu brûlait dans l'âtre. J'ai été poussée sur une autre chaise. Les deux sorcières masquées sont sorties de la pièce et ont fermé la porte.

Ciaran se tenait devant le foyer, dos à moi. Il portait une robe en soie d'un pourpre profond avec des bandes noires sur les manches. J'ai réprimé une vague de nausée. Le meurtrier de ma mère.

Il s'est tourné face à moi, et pendant un instant désorientant, les tremblements et la nausée se sont estompés. La surprise et un sentiment massif de soulagement sont venus les remplacer. Ce n'était pas Ciaran. C'était l'homme rencontré dans la cour et la librairie, l'homme avec qui j'avais senti une si grande affinité, l'homme en qui j'avais eu immédiatement confiance.

La nausée est revenue l'instant d'après, quand j'ai réalisé avoir donné ma confiance à la mauvaise personne. À présent, je pouvais sentir les ténèbres dans son pouvoir, comme un cyclone d'obscurité bouillonnant.

Ciaran m'a observée.

— Je n'ai jamais demandé ton nom, ai-je dit d'une voix qui était à nouveau mienne.

— Mais tu le connais maintenant, n'est-ce pas ? a-t-il demandé.

Son visage était cru dans la lumière du feu et ses yeux étaient des entailles sombres et illisibles.

— Ciaran, ai-je doucement dit.

— Et tu es Morgan Rowlands, a-t-il répondu d'une voix courtoise.

Oh, Déesse, comment avais-je pu être aussi aveugle ?

— Tu t'es joué de moi depuis le début, ai-je dit. Tu savais qui j'étais avant même notre rencontre.

— Au contraire, a-t-il dit. J'ai seulement réalisé que tu étais celle pour qui Selene s'était autodétruite quand nous nous sommes parlé à la librairie.

— Co… comment…

— Ma curiosité a été piquée quand j'ai senti à quel point tu étais puissante. Donc, quand nous avons parlé des présages, j'ai voulu en savoir plus sur toi. Ma pierre de présage est liée à moi. Même si c'est toi qui la tenais et que je me tenais sur un tout autre étage, elle m'a montré ce qu'elle t'a montré. J'ai vu… était-ce ta sœur ? Ta sœur qui sortait du cinéma de Widow's Vale. Le nom de Widow's Vale m'a semblé familier, et quand tu m'as révélé ton nom, tout s'est imbriqué. En vérité, a-t-il poursuivi, je n'avais pas prévu m'occuper de toi aussi tôt, mais comme tu t'es offerte à moi comme ça, je ne pouvais pas ignorer cette occasion, n'est-ce pas ?

— Le hibou à la fenêtre hier soir…

— T'espionnait, a-t-il confirmé. Mais alors, nous étions déjà sur un pied d'alerte. Nous observons l'investigateur depuis son arrivée en ville. Ça a été facile de découvrir quelle était sa mission, et un jeu d'enfant de tendre un piège en semant des indices qui te mèneraient à nous. Je t'ai envoyé la vision de Killian dans la flamme de la bougie et la vision que tu as eue aujourd'hui. Je t'ai même aidée à rompre les sortilèges d'ombrage jetés sur la maison. Ma chère, tu aurais dû savoir que tu ne possédais pas ce genre de capacité. Pas à ton niveau.

Ciaran m'a adressé un sourire contrit.

J'avais été une telle idiote. Il m'avait manipulée encore et encore. Et je n'avais eu aucun soupçon.

— Dis-moi, a-t-il dit d'un ton plus dominant, où se trouve l'investigateur à présent ?

— Je l'ignore.

Ses yeux ont fouillé les miens. Comment, me suis-je demandé, avais-je pu penser qu'il avait l'air distingué et digne de confiance ? Tout ce que je voyais en lui à présent était le prédateur dans l'attente de dévorer sa proie.

Ciaran a arcbouté les doigts.

— Peut-être n'aurais-je pas dû bloquer les messages que tu essayais d'envoyer, a-t-il murmuré comme s'il pensait à voix haute. Peut-être aurais-je dû lui faciliter la tâche pour te retrouver.

Puis, il a secoué la tête.

— Non, il est assez intelligent pour te trouver de toute façon.

Je me suis affaissée sur mon siège en comprenant ce que Ciaran voulait dire. Si Hunter me trouvait, il serait détruit avec moi.

J'ai entendu un cognement contre la porte, et la sorcière-faucon a pénétré dans la pièce. Incrédule, je l'ai vue remettre la montre de poche de Maeve à Ciaran.

— Nous avons trouvé ceci dans sa poche.

Le visage de Ciaran est devenu vide de toute expression pendant un court instant. Puis, il est devenu pâle et tordu.

— Va-t'en! a-t-il crié au faucon.

Puis, il s'est tourné vers moi.

— Où as-tu trouvé ceci? a-t-il demandé.

— Tu devrais le savoir ! l'ai-je attaqué à mon tour. Tu l'as donnée à ma mère avant de la tuer !

Ciaran m'a fixée du regard, les yeux arrondis par un choc non dissimulé.

— Ta mère ?

Et j'ai réalisé que Selene ne lui avait jamais dit qui j'étais. Elle ne lui avait jamais dit que j'étais la fille de Maeve.

Il est sorti en trombe de la pièce à ce moment-là. J'ai vu ce moment comme mon dernier triomphe. J'avais réussi à déstabiliser le chef d'Amyranth. Et je paierais pour cet affront avec ma vie.

J'ai senti l'épuisement tomber sur moi comme une cape lourde. J'ai laissé ma tête tomber, mes yeux se fermer ; je me suis abandonnée à la drogue qu'ils m'avaient fait ingérer.

Cette Selene : quelle menteuse et manipulatrice ! Elle savait qu'il s'agissait de la fille de Maeve et elle ne m'en a jamais rien dit ! Quels autres secrets m'a-t-elle cachés ?

La fille de Maeve ! Impossible de le dire à la regarder. Elle ne possède pas le visage délicat et

joli de Maeve, les taches de rousseur saupou-
drées sur son nez, ses boucles auburn. Tout ce
qu'elle possède est le pouvoir de Maeve. Mais il
y a quelque chose dans ses yeux qui m'est dia-
blement familier.

Comment Maeve et Angus ont-ils réussi à
l'engendrer sans que je le sache ? Et comment
diable a-t-elle appris ce qui était arrivé à la toute
fin ? Même ceux qui connaissaient Maeve ignoraient que nous étions des mùirn beatha dàns,
et personne d'autre, à l'exception de Maeve et
d'Angus, ne savait comment l'incendie s'est
déclaré. Tous les témoins sont morts.

Selene n'a pas pu le lui dire. Selene ignorait
ce qui était arrivé entre Maeve et moi… n'est-ce
pas ? Je n'ai jamais été certain de ce que Selene
savait et ignorait. Tout ceci soulève une question : quoi d'autre Selene a-t-elle tu au sujet de
cette fille ?

Mes pensées sont aussi houleuses que la
mer. Je vois quelque chose aux limites de mon
esprit — une présence dérangeante aux abords
de ma conscience. Elle a une vérité à me
montrer.

Diable. De quoi s'agit-il ? De quoi s'agit-il ?

Hunter serrant les chaînes argentées de la *braigh* autour de David Redstone... Mary K., pelotonnée dans un coin de la bibliothèque de Selene, confuse, effrayée et ensorcelée... Cal absorbant le nuage de ténèbres que Selene m'avait lancé... Ses magnifiques yeux dorés...

Non ! Je me suis éveillée avec stupeur, tremblante et chagrinée par les images qui paradaient devant mes yeux. L'espace d'un instant, je n'ai pu imaginer où j'étais. Puis, ma mémoire est revenue. La maison aux lierres. Les sorcières masquées. Ciaran.

Je me trouvais à présent dans une pièce plus grande. J'avais mal à la tête et je me sentais encore plus étourdie qu'avant. Avec un certain effort, j'ai concentré mon regard sur le plafond, sur la moulure en plâtre à motif de feuilles et de lierres — le tout était horriblement familier. Des bougies noires vacillaient depuis des bougeoirs muraux et une bougie argentée aux détails complexes brûlait sur une armoire d'ébène incrustée. J'ai projeté mes sens. Ils étaient effroyablement faibles, mais je détectais tout de même légèrement des objets puissants dans l'armoire : athamés, baguettes, cristaux, crânes et os d'animaux desquels émanait une magye noire.

J'étais couchée sur une grande table ronde, pieds et poings liés par des cordes ensorcelées. La table était faite d'une pierre quelconque, mais ses motifs étaient incrustés d'une autre pierre. Du grenat, ai-je pensé. Il y avait des rainures profondes sur la surface de la table. La panique ressentie lors de mes visions est revenue, avec une force pleine, et pendant quelques minutes inutiles, j'ai lutté pour me défaire des liens.

La panique n'est jamais utile, me suis-je dit. Concentre-toi. Trouve un moyen de te sortir de là. Mais il m'était difficile de réfléchir dans le nuage du thé drogué servi par Amyranth.

J'ai intimé le sortilège qui me tenait attachée de se dévoiler. J'ai aperçu le faible scintillement de ce qui était peut-être une rune, mais la lueur s'est éteinte aussitôt. J'ai tenté d'invoquer le sortilège de nouveau.

Rien. Et j'ai senti un autre choc de panique. Respire, me suis-je dit, contente-toi de respirer.

Mais ce n'était pas simple. Qu'était-il arrivé de ma magye précieuse ? Je ne pouvais pas établir le lien avec elle, ni la sentir.

Elle m'appartient, bon sang, ai-je pensé, furieuse. Personne — et surtout pas Ciaran — ne va m'enlever ma magye.

J'ai peut-être perdu connaissance à nouveau. Je n'en suis pas certaine. Je n'ai jamais entendu la porte s'ouvrir ou se fermer, je n'ai jamais entendu le bruit de pas, mais soudain, les membres d'Amyranth m'encerclaient. Des sorcières vêtues de robes et de masques d'animaux qui formaient un cercle parfait autour de la table. Chacal, hibou, belette, couguar, aigle, ours, faucon, vipère, jaguar et loup. Tous des prédateurs. Les masques semblaient défigurés — des caricatures horribles des animaux qu'ils représentaient —, mais je savais aussi que quelque chose n'allait pas avec ma vision. Impossible de déterminer si mes perceptions étaient précises.

Mes visions et mes rêves étaient réunis. Malgré les brumes de la drogue, j'appréciais l'ironie de toute cette histoire — si nous n'avions pas essayé d'empêcher mon rêve de devenir réalité, rien de tout cela ne serait arrivé. Il ne faut jamais tenter de déjouer le destin.

L'ours a murmuré une incantation, et j'ai réalisé que le rituel de puisement du pouvoir commençait. Les autres ont pris part à l'incantation pour la transformer en un chant sourd et insistant. Ils se mouvaient dans le sens inverse des aiguilles d'une montre. L'air a paru amer et chargé de danger. Il s'agissait d'un cercle wiccan de la destruction.

Et Ciaran le dirigeait. Je ne voyais pas son visage sous le masque du loup, mais j'entendais sa voix, à la fois familière et terrifiante. Comme dans la vision. Déesse.

Je sentais la magye noire d'Amyranth voltiger autour de moi. Elle crépitait comme un éclair. L'air en était chargé. Lentement, la force de leur pouvoir s'est intensifiée. J'ai senti une pression insupportable sur chaque centimètre de mon corps. Amyranth invoquait une obscurité vorace.

Soudain, j'ai eu une pensée sans rapport : j'ai réalisé que Cal n'avait pas eu droit à des funérailles. Le Conseil avait pris son corps et celui de Selene. Pour les gens de Widow's Vale, Cal et Selene étaient simplement disparus.

Peut-être que ce n'était pas si hors propos. C'était exactement ce qui allait m'arriver. Ma famille ne connaîtrait jamais la vérité sur ma disparition, et elle en demeurerait tourmentée.

Le cercle a cessé de bouger. Une brume noire et épaisse collait à ses membres.

— Nous exprimons notre gratitude, a dit Ciaran, pour ce sacrifice livré à nous dont les pouvoirs nous rendront encore plus forts.

— Quel est son pouvoir ? a demandé le hibou.

Ciaran a haussé les épaules.

— Vois par toi-même.

Le hibou a tenu une main au-dessus de mon ventre. De fines aiguilles de lumière argentée en ont perlé. Pendant une seconde, elles ont survolé à quelques centimètres de mon corps avant de briller d'une lumière rouge. Le hibou a murmuré une syllabe, et les aiguilles enflammées sont tombées. Je n'ai pu réprimer un cri quand elles ont semblé percer ma peau. Des douzaines de tisons ardents ont plongé dans mon ventre, mes bras, mes jambes. Involontairement, j'ai arqué le dos et tiré sur les cordes enchantées.

— Arrêtez ! ai-je crié. Je vous en prie, arrêtez !

— Tais-toi ! a ordonné le hibou d'une voix dure.

Et c'est alors que la torture terrible s'est intensifiée pour brûler encore plus profondément dans mon corps. J'ai imaginé mon cœur se ratatiner en un morceau noirci, mes os griller. J'étais folle de douleur.

Je ne peux le supporter, ai-je frénétiquement pensé. Je vais perdre l'esprit.

— Ça suffit, a ordonné Ciaran. Vous avez vu ce qui se trouve en elle.

— Elle est forte, très forte. Elle sera utile, a acquiescé le hibou.

Aussi soudainement qu'elle était venue, la douleur est partie. J'ai sangloté de soulagement et me suis détestée pour cette faiblesse.

J'ai entendu le bruit à peine perceptible d'une sirène provenir de l'extérieur et un éclair de lumière rouge a traversé les rideaux noirs. La vision encore une fois. Oh mon Dieu, chaque détail prenait vie. J'avais vu l'avenir. À présent, je le vivais. Amyranth allait voler mes pouvoirs et me laisser drainée, vidée — sans magye, sans âme, sans vie.

Ciaran a commencé un autre chant. Un à un, les autres y ont joint leur voix. Encore une fois, l'énergie sombre s'est mise à circuler au sein du cercle d'Amyranth. J'étais couchée, impuissante, sur la table de pierre ; chaque muscle de mon corps crispé dans l'attente du prochain assaut horrible.

J'ai pensé à Maeve, ma mère, assassinée. J'ai pensé à Mackenna, ma grand-mère, tuée quand la vague sombre avait détruit Ballynigel. Ma famille avait souffert en raison de sa magye. Peut-être qu'on ne m'en demandait pas davantage que ce qu'on leur avait demandé. La force des Riordan circulait dans mes veines. Je possédais des mémoires ancestrales et l'héritage d'un pouvoir incroyable. Cela devait certainement comprendre leur courage aussi.

Donne-nous ton pouvoir. J'ai senti l'obscurité me griffer et tenter de trouver son chemin jusqu'à ma moelle.

Amyranth a poursuivi le chant. L'énergie sombre a changé de direction, elle ne crépitait plus autour du cercle. À présent, elle survolait la table, couronnant mon corps d'une lumière noir-pourpre étincelante.

Donne-nous ton pouvoir.

La lumière noir-pourpre a léché ma peau comme les flammes lèchent le bois sec. Je ne ressentais aucune douleur, mais un poids écrasant dans mon esprit, sur ma poitrine, dans mon ventre. J'ai haleté sans trouver d'air. Mais je ne pouvais pas les laisser prendre mon pouvoir. Désespérée, j'ai chanté en silence mon chant d'invocation du pouvoir.

An di allaigh an di aigh
An di allaigh an di ne ullah
An di ullah be…

Je n'arrivais soudain plus à me souvenir des mots que je connaissais en raison de ma mémoire ancestrale. *An di ullah be…* Je n'ai pas pu continuer. Le chant s'était effacé de mon esprit.

Non! J'aurais voulu crier, sangloter, mais je n'avais plus de souffle. Ne prenez pas mon pouvoir! Non! Le chagrin m'a envahie — un chagrin pour la magye qu'on m'enlevait. Un chagrin pour la vie précieuse que j'allais perdre. Un chagrin pour Hunter que je ne reverrais plus jamais.

Ciaran a tendu un athamé argenté. Un rubis brillait faiblement sur son manche. Il a pointé l'athamé dans ma direction, et le pouvoir sombre a coagulé sur la pointe en une lumière éclatante.

— Tu nous donneras ton pouvoir, a-t-il dit.

Non, non, non! Je n'étais plus capable de pensées cohérentes. Tout ce qui me venait était : non!

Le chant a pris fin de façon abrupte au son d'un bruit venant de l'autre côté de la porte. Une agitation assourdie, une lutte... quelqu'un qui usait de magye pour combattre les sortilèges d'Amyranth.

Hunter ! J'ai senti la présence de Hunter, son amour, sa peur désespérée à mon sujet. Et cela m'a terrifiée plus que jamais. Étais-je assez forte pour lui envoyer un message de sorcière ? Hunter, repars, ai-je supplié. Ne viens pas ici. Tu ne peux pas me sauver.

La poignée de porte a tourné dans un déclic, et Hunter est entré dans la pièce, les yeux fous. Il m'a rapidement regardée comme pour se rassurer que j'étais toujours en vie, puis il s'est tourné vers Ciaran.

— Laisse-la partir, lui a ordonné Hunter.

Sa voix tremblait.

Le chacal et le loup ont levé les mains comme pour l'attaquer avec une lumière de sorcière. Ciaran les a arrêtés.

— Non ! a-t-il dit. Il m'appartient. Pour l'instant, du moins.

Il s'est tourné vers Hunter avec une expression légèrement stupéfaite.

— Le Conseil doit être en piètre état pour envoyer un garçon faire le travail d'un investigateur. T'ont-ils vraiment fait croire que tu pourrais me vaincre ?

Hunter a balancé sa main vers l'avant, et une boule de lumière de sorcière a filé vers Ciaran. Ciaran a dessiné un *sigil* dans l'air, et la lumière a changé sa trajectoire pour éclater vers Hunter.

Hunter s'est penché pour l'éviter, son visage pâle et ses yeux scintillant. Quand il s'est relevé, il a semblé plus grand et plus large qu'il ne l'était un moment plus tôt. Une nouvelle aura de pouvoir brillait autour de lui. Il émanait de lui à la fois la force de la jeunesse et l'autorité des anciens.

Le Conseil. Sky m'avait déjà dit que lorsque Hunter agissait à titre d'investigateur, il avait accès aux pouvoirs extraordinaires du Conseil. C'était une arme dangereuse à brandir, car elle mettait l'investigateur à rude épreuve. Elle était réservée aux urgences. Comme celle-là.

Hunter s'est avancé. Les chaînes argentées de la *braigh* étincelaient dans ses mains. Il avait l'intention de ligoter Ciaran, de ligoter sa magye. Mais je ne percevais aucune peur du côté de Ciaran.

— Hunter, ne fais pas ça! ai-je lancé d'une voix rauque. Il va te tuer!

— Ça commence à me fatiguer, tout ça, a dit Ciaran.

Il a marmonné quelques syllabes, et la main de Hunter a soudain échappé la *braigh*. Je l'ai vu refouler un cri.

Avec désespoir, j'ai invoqué la source de ma magye.

— Maeve et Mackenna et Belwicket, ai-je murmuré. Je fais appel à votre pouvoir. Aidez-moi maintenant!

Rien. Aucun réveil de la magye. Rien. J'étais malade d'incrédulité. La magye de ma mère et de ma grand-mère m'avait fait faux bond.

— Ligotez-le, a dit Ciaran, et les autres membres de l'assemblée ont encerclé Hunter pour l'emprisonner dans des sortilèges de ligotage.

Le chacal a donné un coup de pied sauvage à Hunter. Il s'est effondré dans un grognement.

— Arrêtez! ai-je crié.

Ma voix était à peine un murmure.

— Je suis désolé, Morgan, a dit Hunter, et le chagrin dans sa voix m'a brisé le cœur. J'ai manqué à mes engagements envers toi.

— Non, ce n'est pas vrai. Tu as essayé, mon amour, ai-je dit pour le consoler.

Je n'ai pas pu en dire plus. Un désespoir total à fendre l'âme m'a submergée. C'est moi qui avais manqué à mes engagements envers lui. Hunter et moi étions perdus maintenant, et tout ça en raison de mon arrogance fatale. Ni lui ni moi n'allions sortir de là vivant. J'avais signé mon acte de décès et celui de Hunter par le fait même.

— Amenez-le à un endroit sécuritaire, a ordonné Ciaran. Nous nous occuperons de lui plus tard.

Le chacal et la belette ont tiré Hunter hors de la pièce. Ils étaient de retour peu après. L'ours a recommencé le chant. Le rituel se poursuivait. Cela n'avait plus d'importance.

Les animaux ont décrit un cercle dans le sens contraire des aiguilles d'une montre. Le cercle a soudain cessé de bouger et s'est séparé. Et Ciaran, qui portait son masque de loup, s'est avancé vers le bout de la table. Il a posé une main de chaque côté de mon front.

— Non! ai-je hurlé.

Je savais ce qui allait arriver. Il allait me forcer à faire un *tàth meànma* avec lui. Même si je n'avais pas été droguée et faible, je doutais d'avoir eu une chance contre lui. Il était la sorcière la plus puissante que je connaissais. Il aurait accès à chacun de mes souvenirs, de mes pensées et de mes rêves. Je ne pourrais rien lui cacher.

J'ai tenté de me plonger dans la brume qui gagnait mon esprit. J'ai essayé de n'avoir aucune pensée. J'ai senti le pouvoir de Ciaran circuler de ses mains vers moi. L'espace d'un battement de cœur, j'ai lutté, puis j'ai commencé à halluciner, à revivre ma vie en éclairs depuis le moment de ma naissance. J'ai regardé et ressenti une image après l'autre alors qu'elles brillaient de couleurs vives, presque irréelles.

Un assaut d'air, de lumière et de sons alors que j'émergeais de l'obscurité du canal génital.

Angus, ses cheveux blonds et ses yeux bleus éclatants, qui touchait mon bras de façon hésitante et douce.

Un jour plus tard. Maeve qui me berçait et qui regardait mon visage, des larmes roulant de ses yeux. Elle disait :

— Tu as les yeux de ton père.

— Merde !

Ciaran a juré.

Il a brisé le lien, et ma vision s'est embrumée. Un autre sortilège pour obscurcir ce qu'ils ne voulaient pas que je voie. J'ai entendu des pas et le bruit d'une porte qui se fermait.

L'air dans la pièce avait changé. Ciaran était parti. Hunter aussi.

13

Vérité

29 février 1984

La lumière du jour se lève... et avec elle, l'amour meurt.

Maeve s'est éveillée dans mes bras. La rosée du matin scintillait sur sa peau. J'ai retiré un morceau de paille de ses cheveux et lui ai dit à quel point elle était belle.

— Non, Ciaran! a-t-elle dit en se levant à toute vitesse. Ce n'est pas possible. J'ai fait ma vie avec Angus, et tu as une femme et des enfants.

— Oublie ma femme et mes enfants. Je les ai quittés. Et qu'Angus aille au diable! ai-je crié. Je suis las des choses qui se dressent entre nous et ce que nous savons tous deux être notre destin.

Nous sommes des mùirn beatha dàns. Nous sommes destinés l'un à l'autre.

Mais elle n'a rien voulu entendre. Elle a continué à s'autoflageller avec sa culpabilité. Angus avait été si bon avec elle, si patient, si aimable. Comment pouvait-elle le blesser ainsi? Ce que nous faisions était mal, immoral, une trahison de la pire sorte.

— Et la trahison de notre amour, alors? ai-je demandé. Tu as été parfaitement capable de le trahir pendant les trois dernières années.

Je lui ai expliqué que j'avais abandonné ma vie en Écosse. Ma famille, mon assemblée : elles ne faisaient plus partie de moi. J'étais ici, en Amérique, prêt à recommencer ma vie avec elle. Que pouvait-elle vouloir de plus de moi?

— Je ne peux pas vivre avec toi et avec ma conscience, a-t-elle dit.

Elle a filé dans le champ comme un lapin effrayé, elle dont le destin avait été de devenir la grande prêtresse de Belwicket.

— Eh bien, je ne peux pas te voir vivre avec Angus, ai-je crié à sa silhouette qui disparaissait.

Alors, dis-moi, Maeve, à présent que tu as choisi une voie impardonnable à mes yeux, quelle est la valeur de ta vie?

— Neimhich

Comme Ciaran avait quitté la pièce, le hibou a pris sa place.

— Le rituel doit se poursuivre, a-t-elle dit.

Ils ont recommencé leur chant. J'ai senti l'énergie sombre s'ériger, l'appel de la lumière noir-pourpre qui m'ôterait ma magye. Et je ne pouvais rien faire pour l'arrêter. J'étais complètement déclassée.

J'ai songé à Hunter. À tout l'amour que je ressentais pour lui. Au fait qu'il allait perdre la vie à cause de moi. Au fait qu'il était mon *mùirn beatha dàn*, que je l'avais toujours su sans me laisser aller à embrasser cette vérité. Et j'avais eu le culot de critiquer Bree.

Un monde de regret est monté en moi. Des regrets pour tout ce que j'avais fait.

Je n'avais jamais dit à mes parents à quel point je les appréciais. Ils m'avaient donné une maison merveilleuse et tout leur amour, et quand j'avais découvert que j'étais adoptée, tout ça m'avait paru insignifiant. Par ma faute, Mary K. avait été kidnappée. Par ma faute, Cal était mort. Il avait donné sa vie pour moi, et j'avais complètement gaspillé cette chance.

Par ma faute, Hunter allait mourir. Voilà ce qui était le plus difficile.

Mon esprit tourbillonnait. J'avais vécu un peu plus de dix-sept ans. Comment avais-je réussi à tout transformer en un tel désastre ? La lumière noir-pourpre a crépité autour de moi et j'ai pensé : Prenez mon pouvoir. Prenez ma vie. Je suis heureuse de vous la donner.

Eh bien, je lève mon verre à toi, Maeve Riordan. Tu m'as joué un tour depuis ta tombe. Tu étais si jeune et belle quand tu es morte. Je crois bien que tu ne me trouverais pas attirant aujourd'hui. Mon propre reflet me regarde

depuis ce gobelet argenté : déformé, horrible.
Comment ai-je réussi à amener une telle beauté
à m'aimer, même une nuit ? Regarde mes yeux,
deux fentes sombres et boueuses qui ne ressem-
blent pas aux yeux de personne... à l'exception
de ceux de cette fille.

Qu'en penses-tu, Maeve ? Tu me connais
mieux que la plupart des gens, alors réponds à
cette question qui se présente à moi : suis-je
capable de détruire notre fille ?

La lumière noir-pourpre a entouré le
cercle intérieur et m'a serrée. Les sorcières
masquées d'Amyranth se tenaient en cercle
autour de moi, murmurant un chant.

J'étais incapable de contrôler mes propres muscles. J'ai essayé de projeter mes
sens pour voir à quel point mes bourreaux
appréciaient le spectacle. Mais à présent,
j'étais trop faible pour y parvenir.

Le couguar a levé une main, et avec
une sensation sourde d'horreur, j'ai cons-
taté que les griffes recourbées d'un chat
poussaient de ses doigts humains. Il a marmonné une incantation. La lumière noir-
pourpre a bruyamment crépité pour

pénétrer ma poitrine. Je l'ai sentie s'enrouler autour de mon cœur et le serrer sans merci.

La magye s'échappait de moi. Je la sentais partir. Je ne voulais pas la donner à Amyranth, à l'assemblée de Ciaran. Je ne voulais pas laisser partir ma magye. Mais j'étais si fatiguée de combattre. J'ai senti ma dernière parcelle de résistance dériver, et je l'ai suivie.

— Morgan, reviens !

C'était la voix de Hunter. Une hallucination, me suis-je dit avant de glisser à nouveau dans le brouillard.

— Non ! Je ne te laisserai pas partir. Pas de cette manière.

J'ai forcé mes yeux à s'ouvrir. Hunter se tenait dans l'embrasure de la porte. Une nouvelle aura de pouvoir semblait étinceler autour de lui, sa propre lumière couleur d'un saphir semblait teintée d'un rayonnement pourpre que je n'avais jamais vu.

Était-il réellement là ? Comment avait-il pu échapper à Ciaran ? Je n'arrivais pas à imaginer comment Hunter avait triomphé de quelque chose d'aussi maléfique. Cela devait être un rêve.

— Investigateur.

La vipère a avancé vers lui.

Ce n'était pas un rêve. Mon cœur a furieusement bondi dans ma poitrine.

La belette a jeté une boule de lumière de sorcière bleue vers Hunter. Elle a trouvé sa cible, et Hunter a suffoqué de douleur.

J'ai lutté pour m'extirper du brouillard amortissant. Hunter. Je devais l'aider. Mentalement, j'ai repris mon chant pour invoquer mon pouvoir. *An di allaigh…*

Le pouvoir a remué en moi, aussi faible que le battement de cœur d'un colibri. Mais il était là.

Dans mon esprit, j'ai répété le chant encore et encore jusqu'à ce que je sente le courant de la magye couler en moi. Puis, j'ai tout envoyé à Hunter. *Aide-le*, l'ai-je intimé. *Rends-le plus fort. Guéris ses plaies.*

Hunter a bloqué un coup du chacal avant de se tourner vers moi pour me jeter un regard de gratitude rapide. Je t'aime, Hunter, ai-je pensé. Tu dois survivre à cette épreuve.

Puis, Hunter a chanté un sortilège dans une langue que je ne reconnaissais pas. Les grenats fins incrustés dans la table ont commencé à trembler. Je les ai regardés les yeux grands ouverts alors que leurs formes montaient dans l'air, brillant de la lumière rouge sang des pierres. Il s'agissait de *sigils*, ai-je réalisé. Hunter les appelait.

Les sorcières masquées se sont éloignées de lui, et j'ai ressenti leur terreur.

— Impossible, a murmuré l'un d'entre eux. Impossible qu'un investigateur connaisse ces *sigils*.

Comment y arrivait-il ? me suis-je demandé avec un étonnement distant. Était-ce possible que le Conseil le rende aussi fort ? Il semblait pratiquement invincible.

La sorcière qui portait un masque d'ours s'est jetée vers Hunter, mais n'a jamais atteint sa cible. Elle a laissé échapper un cri à rendre malade en tombant sur un des *sigils* rouges brillants. Elle s'est effondrée sur le sol où le *sigil* l'a dévorée comme des fourmis de feu dévorant un cadavre.

Et puis, Hunter était à mes côtés, son athamé brandi, et sa lame a coupé les cordes ensorcelées qui me ligotaient. Je l'ai senti me soulever de la table en murmurant :

— Dieu merci, tu es toujours vivante.

— Hunter, non, ai-je murmuré. Sauve-toi.

— Chut, a-t-il murmuré. Tout va bien.

Mais le brouillard m'a balayée pour me submerger à nouveau. Et cette fois, je l'ai laissé me prendre.

J'ignore combien de temps a passé. Il n'y avait que Hunter et moi, et nous nous trouvions sur le trottoir. Doucement, il m'a aidée à reprendre pied.

— Penses-tu être capable de marcher ? a-t-il demandé.

— Oui, ai-je dit, même si j'étais toujours terriblement faible.

Puis, Hunter m'a tirée loin de la maison.

Nous avons marché aussi loin que le musée d'histoire naturelle, où nous nous sommes tous deux effondrés sur les marches. Il faisait froid et noir, et nos souffles formaient de petits nuages de vapeur.

— Est-ce que ça va ? a demandé Hunter.

— Je pense que oui. Mon pouvoir... ils ne l'ont pas pris.

— Non, a-t-il dit doucement. Tu as combattu une assemblée entière de Woodbane. La Déesse soit louée. J'ai pratiquement perdu l'esprit à m'inquiéter pour toi.

C'est à ce moment-là que j'ai fondu en larmes, avalant des sanglots qui ne semblaient pas vouloir s'arrêter.

Hunter m'a prise dans ses bras et m'a serrée contre lui. Durant un bon moment, je suis restée là, blottie dans la protection de ses bras, à pleurer jusqu'à ce que je n'aie plus de larmes à verser. Même quand les larmes se sont taries, je suis restée là, à écouter le rythme constant de son cœur, à songer à quel point ce cœur était précieux.

— Je dois avoir l'air horrible, ai-je dit en me soustrayant finalement à son étreinte pour me moucher.

C'est là que j'ai remarqué que le visage de Hunter était strié de larmes comme le mien.

— Hunter ? ai-je demandé d'une voix incertaine. Est-ce que ça va ?

Il a hoché la tête.

— Je ferais mieux d'envoyer un message à Sky pour informer tout le monde que tout va bien.

Il s'est concentré un moment, et j'ai su que son message avait été envoyé.

— Voilà, a-t-il dit alors en retirant son blouson et en le posant sur mes épaules.

— Comment m'as-tu retrouvée ? ai-je demandé. Je t'ai appelé, mais je n'ai reçu aucune réponse. Ciaran bloquait mes messages.

J'ai frissonné.

— J'ai finalement trouvé l'ancienne maîtresse de Ciaran et elle m'a dit où l'assemblée était établie, a expliqué Hunter.

— Qu'est-il arrivé aux sorcières d'Amyranth ? ai-je demandé.

— Elles sont toujours dans la maison. Elles doivent se rétablir, j'imagine. Je les ai frappées plutôt fort, mais je ne crois pas

avoir causé de dommages permanents, a
dit Hunter. J'étais surtout préoccupé par
l'idée de te sortir de là vivante.

— Mais elles s'y trouvent toujours.

— Oui. J'ai envoyé un message au
Conseil, mais je doute qu'ils arrivent avant
qu'Amyranth ne s'efface de cette maison.
Ils feront bien surface, a-t-il ajouté d'un air
sévère.

Un enfant s'est approché en tenant
une poignée de roses emballées de façon
individuelle.

— Hé Monsieur, vous voulez acheter
une fleur pour votre dame ? a-t-il demandé.

Hunter s'est levé.

— Oui. Dieu, oui. Je devrais lui acheter
tout le bouquet, mais, a-t-il dit en sortant
son portefeuille dans sa poche, je vais n'en
prendre qu'une. Garde la monnaie.

— Merci, a dit le garçon dont le visage
s'est illuminé quand il a réalisé que Hunter
lui avait donné un billet de vingt dollars.

— C'était généreux de ta part, ai-je dit
alors que le garçon s'en allait en courant et
que Hunter reprenait place à mes côtés.

Il a haussé les épaules.

— Je me sens généreux et reconnais-
sant — et phénoménalement désolé.
Tellement plus que désolé.

Il m'a tendu la fleur.

— Morgan, j'ignore comment te présenter mes excuses.

— Pourquoi ? Tu n'as aucune raison de
présenter tes excuses, ai-je protesté. C'est
moi qui suis rentrée là comme si j'étais la
cavalerie à la rescousse.

Il m'a adressé un regard sévère typique
de lui.

— Oui, tu as bel et bien fait ça. Et
rappelle-moi que je dois te passer un
sérieux savon à ce sujet un jour, mais la
vérité est… tout ceci était de ma faute.

Je me suis blottie plus près de lui.

— Et comment parviens-tu à cette
conclusion ?

— N'est-ce pas évident ? J'aurais dû
réaliser que c'était toi qu'Amyranth
voulait.

— Cesse de te blâmer, lui ai-je dit.

J'ai effleuré sa joue lisse de mes doigts.
Il m'était si cher.

— C'est le Conseil qui a mal interprété le rêve. Comment ont-ils pu croire que la cible de Ciaran était son enfant ?

Hunter n'a rien dit.

— Je suppose que je ne devrais pas les blâmer, ai-je ajouté à contrecœur. Je veux dire, je ne me suis pas vue comme étant le louveteau dans mon rêve. Mais de toute évidence, il n'avait pas la signification que nous lui avons prêtée.

Hunter m'a regardée avec une expression de pitié et de chagrin.

— Oh, Morgan, a-t-il dit. Je croyais que tu le savais déjà.

— Savoir quoi ?

Un effroi soudain et sans nom s'est logé sous mon cœur, une masse sombre et froide.

— La signification du rêve était exacte. Le Conseil ne s'est pas trompé. La cible était l'enfant de Ciaran.

— Mais Killian n'a jamais été prisonnier et...

— Oublie Killian. Nous ignorions tous quelque chose, m'a-t-il interrompue d'une voix douce. Même Ciaran l'ignorait...

jusqu'à ce qu'il effectue un *tàth meànma*
avec toi. Il a vu Maeve te tenir alors que tu
étais bébé et il a entendu ce qu'elle a dit à
propos de tes yeux. Morgan, Angus avait
les yeux bleus. Les tiens sont bruns...
comme ceux de ton père.

— Non.

Je me suis mise à trembler de plus belle
quand j'ai compris ce qu'il me disait.

— Ça ne peut pas être vrai. C'est
impossible. Je ne peux pas croire...

Hunter a posé une main sur ma joue.

Morgan, tu *es* l'enfant de Ciaran.

14

Impure

25 mai 1985

J'ai essayé de l'oublier, je le jure. Je suis retourné en Écosse. J'ai donné une autre chance à ma relation avec Grania et les petits, et j'ai été aussi misérable que les autres fois. Killian est intéressant, par contre. Il possède plus de pouvoir inné que Kyle et Iona combinés. Il pourrait se révéler toute une découverte. Malgré tout, je ne peux pas vivre sous le même toit qu'eux, pas quand je me meurs d'être avec Maeve. Elle est un désir insatiable de mon cœur, une maladie dans mon sang. Je me réveille et je m'endors en pensant à elle. Je l'aime autant que je la déteste. Elle est avec moi chaque minute.

Mais la réalité est qu'elle demeure auprès d'Angus — maudit soit-il. Encore et encore, j'ai tenté de la persuader de laisser tomber ce vaurien idiot. Et encore et encore, elle le refuse.

Je me demande parfois ce qui serait advenu si elle m'avait donné une chance, si elle avait vu ce que je suis devenu durant les années depuis son premier rejet. Le cœur que je voulais lui offrir et qu'elle a refusé, je l'ai donné aux ténèbres. Mon pouvoir est devenu plus fort que je ne pouvais l'imaginer. J'ai bien servi les ténèbres, et eux aussi. Rien sur cette Terre ne m'effraie et peu de choses peuvent se dresser contre moi. Est-ce que la bonne sorcière de Belwicket serait capable d'accepter cette réalité? Je dois croire que notre amour l'amènerait à s'ouvrir à sa véritable nature de Woodbane et qu'elle s'y vautrerait comme je le fais.

Entre-temps, mon amour pour elle continue de grandir. Il ne semble jamais diminuer, peu importe les distractions que je trouve. J'ai tout essayé, je me suis même abaissé à tenter des trucs enfantins. J'ai dessiné des sigils menaçants et anonymes autour de leur maison. J'ai même pendu un chat mort à la rampe de leur porche. Déesse, ce sont des trucs juvéniles à rendre malade, mais je suis un homme possédé. Que devrais-je faire ? Que puis-je faire ?

— Neimhich

J'ignore combien de temps je suis restée assise sur les marches du musée à tenter de digérer ce que Hunter venait de me dire. J'étais hébétée, incapable de traiter l'information. Elle était trop sombre, trop monstrueuse. Je ne pouvais la laisser entrer en moi.

Ciaran, mon père véritable ?

Non. Non, non, non. Ce n'était pas possible.

— Écoute-moi, ma belle, a dit Hunter. J'aimerais t'en parler.

— N'en fais rien, je t'en prie.

Je ne pouvais rien dire d'autre. Son blouson ouvert couvrait mes épaules. Je ne sentais même plus le froid.

— Non, tu dois m'écouter. C'est Ciaran qui m'a libéré. Il m'a dit que tu étais sa fille et que je devais te secourir.

— Pourquoi ? Pour qu'il puisse m'ôter mon pouvoir encore une fois ? ai-je dit.

Hunter a poussé un soupir.

— Tu ne m'écoutes pas. Ciaran m'a révélé le sortilège pour invoquer les *sigils* de la table. Et il a joint son pouvoir au mien. Ne sais-tu pas que je n'aurais pas pu tenir tête à ces sorcières seul ? Ni toi ni moi ne serions sortis de là sans son aide. Morgan, peu importe qui il est, ce qu'il a fait, il était incapable de te tuer. Pas son propre enfant.

— Ça n'a pas d'importance, ai-je dit d'une voix morne. Il est toujours maléfique. Un meurtrier. Et je suis sa fille.

Robbie avait eu raison à mon sujet. J'étais fondamentalement impure. C'était un droit acquis à ma naissance.

— Morgan...

J'ai posé un doigt sur les lèvres de Hunter.

— Arrête, je t'en prie. S'il y a une chose que j'ai apprise dans tout cela est qu'il est impossible de changer le destin.

Hunter s'est frotté les tempes.

— Nous devons parler de tout ça, mais de toute évidence, ce n'est pas le moment de le faire ce soir.

— Nous devrions sortir de la ville, ai-je dit en frissonnant. Avant qu'Amyranth se regroupe. Allons chercher les autres. Je vais nous conduire à Widow's Vale ce soir.

Hunter a émis un rire vide.

— Je ne suis même pas certain que tu sois capable de monter dans un taxi, alors oublie l'idée de conduire vers le nord. Non, nous allons passer la nuit en ville. Je présume que nous serons en sécurité. Mais à la première heure demain matin, nous partirons d'ici.

Il a hélé un taxi et m'a aidée à y grimper.

Il était tard quand nous avons gagné l'appartement. Nous avons pris l'ascenseur en silence. C'est uniquement quand j'ai posé le pied sur l'étage de Bree que j'ai réalisé que je portais toujours cette robe brune horrible.

— Comment vais-je expliquer cette robe ? ai-je demandé.

Hunter a repoussé une mèche de cheveux tombée devant mon visage.

— Il est passé 23 h. Peut-être que tout le monde sera endormi.

C'était le cas. Sky et Raven dormaient dans le salon, blotties l'une contre l'autre sur le divan-lit. Raven paraissait satisfaite, paisible, quasiment innocente.

J'ai trouvé un message de Bree sur le comptoir de la cuisine.

À M et H,

   Je suis si heureuse de savoir que vous allez bien. Comme mon père est toujours au Connecticut, Robbie et moi nous sommes installés dans la chambre principale. La chambre d'invités est à vous.

   — B

En petites lettres au bas de la page, elle avait ajouté une note : *M, Tu avais raison à mon sujet. Que penses-tu de ça ?*

Hunter se tenait devant la porte close de la chambre d'invités.

— Morgan, regarde, a-t-il dit d'une voix douce.

Sur la poignée de porte, Bree avait suspendu une petite couronne de fleurs blanches. Leur fragrance douce et grisante embaumait le couloir.

— C'est du lilas, a dit Hunter en souriant. Je me demande où elle l'a trouvé en cette période de l'année.

Il a pris ma main.

— Tu viens ?

J'ai tenté de lui faire un sourire, en vain.

— Hunter, ai-je commencé d'une voix qui se brisait. Je ne sais pas comment te dire cela, mais… J'ai vraiment mal en ce moment. J'ai besoin de dormir seule ce soir.

J'ai aperçu un éclair de douleur dans les yeux de Hunter et j'en ai ressenti un sentiment éloigné de culpabilité et de regret. Enfin, nous avions la chance de passer toute une nuit ensemble. Après avoir survécu au désastre chez Ciaran, dormir ensemble aurait dû être la suite logique — une façon naturelle de nous ancrer dans la vie après avoir frôlé la mort de si près. Une affirmation de notre amour, un moment de réconfort. Mais je ne pouvais l'accepter. Pas maintenant.

— Si c'est ce dont tu as besoin…

La voix de Hunter s'est estompée.

— Oui.

J'ai touché sa joue de ma main.

— Merci. Pour tout.

— Toujours à ton service, a-t-il dit.

J'ai pénétré dans la chambre d'invités et j'ai observé mon reflet dans la glace. Durant l'espace de plusieurs battements de cœur, je me suis obligée à étudier mon visage. Mes joues étaient striées de larmes et mon nez était légèrement enflé. Mes yeux étaient bouffis et rouges. Et de la même taille et couleur que ceux de Ciaran.

J'ai eu une certaine appréciation maladive pour l'ironie de cette histoire. Après toutes ces années, je savais enfin à qui je ressemblais.

Je n'étais plus capable de me regarder. J'avais désespérément besoin d'une douche, mais j'étais trop fatiguée. La douche

attendrait le matin. J'ai retiré la robe brune.
Je la jetterais dans la chute à déchets le lendemain matin.

Dans la chambre d'invités, je me suis
mise au lit. J'ai fermé les yeux et appelé le
sommeil, mais une cassette sans fin jouait
dans ma tête : Ciaran est mon père. Ciaran
est mon père. Ciaran est mon père.

Aucun moyen d'en douter. Pas après le
lien ressenti entre lui et moi. Pas après
m'être regardée dans la glace pour voir ses
yeux dans mon visage.

Mon père était un meurtrier, le chef
d'une assemblée de Woodbane dont le but
était de détruire d'autres assemblées. Il
avait tué Maeve et Angus. Il représentait le
mal pur.

J'ai alors réalisé que Killian était mon
demi-frère.

Tous les morceaux se sont imbriqués.
Des éléments qui n'avaient pas tout à fait de
sens auparavant. Le genre de lien que
j'avais ressenti avec Ciaran... et avec
Killian. Mes pouvoirs inhabituels. Non
seulement étais-je l'héritière de la magye
de Belwicket, mais aussi de celle de Ciaran.

Et ma propre tendance à abuser de mon pouvoir provenait sans aucun doute de Ciaran.

Depuis l'autre côté du mur, j'ai entendu Hunter jurer contre le divan du bureau. Bree m'avait dit qu'il était inconfortable et couvert de bosses.

Des larmes ont roulé du coin de mes yeux. J'aimais Hunter d'un amour que je n'avais jamais éprouvé pour quiconque. Mais impossible d'être avec lui. Impossible maintenant que je savais qui j'étais réellement.

Une héritière des ténèbres.

15

Brisée

Juin 1985

Je suis de retour à Meshomah Falls afin de mettre fin à tout ceci une fois pour toutes. Il n'y aura plus de fièvres, plus de désirs insensés. Je ne me languirai plus d'une femme qui ne veut pas de moi. Je choisis la paix de mon esprit avant tout. Je me donne à ce qui est inévitable.

Si elle désire Angus si fort, elle l'aura pour l'éternité. Ils mourront tous les deux. J'ai trouvé l'endroit idéal pour ce faire : une grange isolée sur une ferme abandonnée, située à un peu moins de dix kilomètres de leur maison. Ils mourront aux mains de l'élément privilégié de Maeve : le feu. Cela me semble approprié.

Un feu pour éteindre celui qui brûle dans mon cœur depuis le premier jour où je l'ai vue.

De feu à feu, de cendres à cendres. Tout sera bientôt terminé. J'ai déjà fermé mon cœur à l'amour. Dorénavant, je m'offre tout entier à l'obscurité.

— Neimhich

Nous étions de retour à Widow's Vale avant midi le lundi. Après avoir reconduit tout le monde chez lui, je suis enfin rentrée à la maison. Les voitures de mes parents n'étaient pas garées dans la cour et il n'y avait aucune lumière dans la maison. J'ai projeté mes sens. La maison était vide, à l'exception de Dagda.

Je savais que j'aurais dû entrer pour défaire mes bagages, donner un câlin à mon chaton, mais pour une raison ou l'autre, je n'étais pas prête. J'ai quitté la cour et poursuivi mon chemin sur la route qui longeait la rivière Hudson.

Je me suis garée dans l'aire de stationnement de la marina. Il y a un quai à cet endroit où l'on amarrait de petits bateaux durant l'été. Il était désert durant l'hiver : seulement un croissant de plage rocailleuse et un quai en bois raboteux avançant dans l'eau.

Il faisait terriblement froid, mais j'en ai fait fi. J'avais besoin de solitude. La rivière — une étendue d'un gris argenté qui coulait sous le ciel blanc de l'hiver — était calme et semblait infiniment paisible. J'ai marché jusqu'au bout du quai. Malgré toutes les chutes de neige, le niveau de l'eau se trouvait à près de deux mètres sous le quai. Je me suis donc assise au bout et j'ai laissé mes pieds se balancer.

Cette rivière coule jusqu'à New York, ai-je pensé. Cette rivière lie les deux endroits, elle suit le rythme de la marée de l'Atlantique. Je me sentais relativement en sécurité depuis mon retour à Widow's Vale, mais les eaux d'un gris argenté me rappelaient que New York et Widow's Vale étaient liés, s'inscrivaient dans un tout. Ce que j'avais laissé derrière dans la ville ferait toujours partie de ma vie.

Comme Ciaran. Mon père biologique. Je me démenais toujours avec ce que cette révélation impliquait. Comment allais-je utiliser ma magye en sachant que la moitié de mon pouvoir venait de Ciaran ? La seule pensée de la magye me rendait malade et me donnait une impression de vide.

Pour ce qui était de l'amour… Le voyage en voiture jusqu'à la maison avait été à peine tolérable. C'était une torture de m'asseoir aux côtés de Hunter en sachant ce qui s'en venait.

Je devais rompre avec lui. Je n'avais simplement pas ramassé assez de courage pour le faire ce matin-là.

Tout revenait à Ciaran. Mon père biologique n'était pas le bon et gentil Angus. Mon père était un homme qui avait assassiné sa propre *mùirn beatha dàn*. Un homme qui avait ôté le pouvoir et la vie à je ne savais trop combien de gens. Et s'il était capable de ces crimes, quels crimes moi, sa fille, sa chair et son sang, étais-je capable de commettre ?

J'avais déjà fait tellement d'erreurs qui avaient causé du mal à moi et aux autres.

J'avais fait preuve d'un jugement terrible. J'avais fait confiance à Cal, à Selene, à David et à Ciaran. J'avais blessé Bree, j'avais presque causé la mort de Hunter — deux fois à présent — et j'avais vu Cal mourir pour moi. J'avais presque fait fuir Robbie. J'avais fait endurer des souffrances à mes parents. J'avais mis la vie de Mary K. dans un danger terrible. Deux mois et demi de magye et j'étais un champ de mines ambulant.

Et tout ça en raison de qui j'étais. Tel père, telle fille. J'étais un poison. J'infectais tous ceux que je touchais.

J'ai senti une bouffée de désespoir me balayer au moment même où mes sens commençaient à picoter. Hunter se trouvait à proximité. J'ai entendu le bruit de sa vieille Honda déglinguée parcourir le chemin serpentin qui menait à l'eau. J'ai présumé que je ne pouvais plus reporter le moment.

Quelques instants plus tard, Hunter est sorti de sa voiture. Il portait un long manteau droit en laine marine qui lui donnait un air formel et adulte. Ses cheveux encadraient son visage d'un halo doré. J'avais oublié comment, parfois, on aurait dit qu'il était fait de rayons de soleil.

Alors que moi, j'étais l'héritière des ténèbres.

Il s'est avancé vers moi avec prudence.

— Je te dérange?

— En quelque sorte, ai-je dit avec franchise. Je suis venue ici parce que j'avais besoin d'être seule.

— Veux-tu que je parte?

J'ai secoué la tête. Je ne voulais pas qu'il parte. J'aurais voulu courir dans ses bras, le serrer et ne jamais le laisser partir.

Nous nous sommes fixés du regard pendant que j'essayais de trouver les mots pour dire l'impossible.

— Je voulais te dire, a-t-il dit, que j'ai eu des nouvelles de Killian. Apparemment, il croyait qu'on avait envoyé le hibou pour l'espionner, comme nous l'avions tous cru. Il a pris la poudre d'escampette parce qu'il avait peur qu'Amyranth soit à ses trousses. Il se tient toujours sous le radar, mais je viens d'apprendre qu'il va bien.

— Oh, ai-je dit d'une voix morne. C'est bien.

Les yeux verts de Hunter m'ont étudiée.

— Killian se porte peut-être bien, a-t-il lentement dit, mais ce n'est clairement pas ton cas.

— Tu as remarqué, ai-je dit en essayant de paraître beaucoup plus calme que je ne l'étais en réalité.

— Bien sûr que oui, a-t-il en me regardant encore plus intensément. Pour qui me prends-tu ?

Je me suis sentie figée, incapable de parler.

Il a glissé une main dans ses cheveux avant de parler avec un ton plus doux.

— Morgan, dis-moi ce que je peux faire. Comment puis-je t'aider ?

— Je...

Ma voix est morte dans ma gorge. Je n'arrivais pas à le dire. Cela me faisait trop mal.

— Tu ne peux pas m'aider, ai-je finalement dit. Personne ne le peut.

J'ai pensé à comment je me sentais couchée dans les bras de Hunter, quand je riais avec lui, quand j'unissais mon pouvoir au sien. Comment pouvais-je abandonner tout ça ? Je ne rencontrerais jamais quelqu'un avec qui je me sentirais aussi bien, quelqu'un que j'aimerais autant que lui. Jamais plus. Il était mon âme sœur.

— OK.

Il a enfoncé les mains dans les poches de son manteau comme pour s'empêcher de me toucher.

— Peut-être n'es-tu pas prête à en parler en ce moment. Pouvons-nous nous voir demain ?

— Non ! ai-je dit avec plus de fermeté que je l'aurais voulu.

J'ai repensé au fait que je faisais du mal à tous ceux qui s'approchaient de moi. Au fait qu'en étant la fille de Ciaran, impossible qu'il en soit autrement.

— J'imagine que je dois m'y habituer, ai-je finalement dit.

— T'habituer à quoi ?

— À ce à quoi la vie ressemblera sans toi.

Ma voix paraissait creuse et étrangère, comme si elle émanait du corps de quelqu'un d'autre.

— Quoi?

Il a aboyé un rire de surprise.

— De quoi parles-tu?

J'étais incapable de le regarder.

— Je dois être seule. Je suis un poison, Hunter. Je ne peux rien y faire.

Hunter a poussé un souffle qui a relâché un nuage de vapeur dans l'air glacé.

— Ne sois pas ridicule. Ton héritage n'est pas synonyme de ton destin.

— Dans mon cas, oui. Je ne peux plus être avec toi. Nous devons rompre.

Voilà. C'était dit. J'ai fermé les yeux devant la douleur. C'était pire que tout ce que j'avais vécu aux mains d'Amyranth. J'avais l'impression d'avoir arraché mon propre cœur.

— Nous devons faire quoi?

Hunter contrôlait sa voix avec soin comme s'il essayait de se convaincre qu'il m'avait mal entendue.

— Je romps avec toi, ai-je dit d'une voix plus forte.

J'ai ouvert les yeux, mais je ne pouvais toujours pas le regarder. J'ai fixé les lattes de bois du quai qui se trouvaient sous mes pieds en me demandant quelle sensation j'éprouverais si elles se brisaient sous moi pour me faire tomber dans l'eau glaciale. J'ai pris une respiration profonde avant de dire la seule chose qui le chasserait.

— Je ne t'aime plus.

— Vraiment? a-t-il dit d'une voix de glace. Et depuis quand?

— Les choses... les choses ont changé, ai-je dit en m'efforçant de garder une voix ferme. Je suis désolée. Je ne t'aime plus, c'est tout.

Hunter s'est contenté de me regarder. Nous savions tous les deux que je mentais.

— Écoute.

Sa voix était éreintée.

— Je suis venu ici pour te dire autre chose. Je n'ai jamais réellement cru en cette histoire de *mùirn beatha dàn*. À mes yeux, ce n'était que des idioties romantiques. Mais Morgan, tu es ma *mùirn beatha dàn*. Je l'ai réalisé quand j'ai cru que j'allais te perdre aux mains d'Amyranth. Je t'aime — de

façon absolue, complète et pour toujours.
Sache-le.

Oh mon Dieu. Ils me faisaient un tel
mal, ces mots que j'avais attendus, ces mots
qui auraient dû me rendre si heureuse. Et
tout ce qui me venait à l'esprit était : Ne me
dis pas ça maintenant. Je t'en prie. Tu ne
peux pas m'aimer.

— Regarde-moi, bon sang.

Hunter se tenait à quelques centimètres
de moi maintenant.

— Regarde-moi et dis-moi que tu veux
rompre.

J'ai levé les yeux vers les siens pour y
voir la douleur, le chagrin, la confusion...
et l'amour. Personne ne me regarderait avec
un tel amour dans ses yeux. J'ai cligné des
yeux pour chasser les larmes.

— Je veux rompre.

— Oh, Morgan, a-t-il dit.

Puis, il a franchi le dernier pas qui
nous séparait, et d'une façon ou de l'autre,
nous nous sommes enlacés. Il m'a serrée
pendant que je pleurais, et j'ai senti nos
cœurs se briser.

— Je t'aime, a-t-il répété, ce qui n'a fait qu'amplifier mes larmes.

J'ignore pendant combien de temps nous sommes demeurés debout ainsi. Quand nous nous sommes finalement séparés, le devant de son manteau était spongieux en raison de mes larmes.

— Je dois partir maintenant, lui ai-je dit. Ne m'appelle pas.

Avant que l'un d'entre nous ne puisse prononcer une autre parole, je me suis retournée pour courir vers Das Boot. Le vent s'est levé pour mugir sur la rivière et faire écho à notre douleur. Mais la voix de Hunter est parvenue à s'élever au-dessus du vent.

— Nous faisons tous nos propres choix, a-t-il crié.

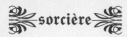

sorcière

Livre 1

LE LIVRE DES OMBRES

Livre 2

LE CERCLE

Livre 3

SORCIÈRE DE SANG

Livre 4

MAGYE NOIRE

Livre 5

L'ÉVEIL

Livre 6

ENSORCELÉE